LES MILLÉNAIRES PERDUS

DU MÊME AUTEUR

1. *La Compagnie des Glaces*
2. *Le Sanctuaire des Glaces*
3. *Le Peuple des Glaces*
4. *Les Chasseurs des Glaces*
5. *L'enfant des Glaces*
6. *Les otages des Glaces*
7. *Le Gnome halluciné*
8. *La Compagnie de la Banquise*
9. *Le réseau de Patagonie*
10. *Les voiliers du Rail*
11. *Les Fous du Soleil*
12. *Network Cancer*
13. *Station fantôme*
14. *Les Hommes-Jonas*
15. *Terminus Amertume*
16. *Les brûleurs de banquise*
17. *Le Gouffre aux Garous*
18. *Le dirigeable sacrilège*
19. *Liensun*
20. *Les Éboueurs de la Vie éternelle*
21. *Les trains-cimetières*
22. *Les fils de Lien Rag*
23. *Voyageuse Yeuse*
24. *L'ampoule de cendres*
25. *Sun Company*
26. *Les Sibériens*
27. *Le clochard ferroviaire*
28. *Les wagons-mémoires*
29. *Mausolée pour une locomotive*
30. *Dans le ventre d'une légende*
31. *Les Echafaudages d'épouvante*
32. *Les montagnes affamées*
33. *La prodigieuse agonie*
34. *On m'appelait Lien Rag*
35. *Train spécial pénitenciaire 34*
36. *Les hallucinés de la Voie Oblique*
37. *L'Abominable Postulat*
38. *Le sang des Ragus*
39. *La caste des Aiguilleurs*
40. *Les exilés du ciel croûteux*
41. *Exode barbare*
42. *La chair des étoiles*
43. *L'aube cruelle d'un temps nouveau*
44. *Les canyons du Pacifique*
45. *Les vagabonds des brumes*
46. *La banquise déchiquetée*
47. *Soleil blême*
48. *L'huile des morts*
49. *Les oubliés de Chimère*
50. *Les Cargos-dirigeables du Soleil*
51. *La Guilde des sanguinaires*
52. *La croix pirate*
53. *Le pays de Djoug*
54. *La banquise de bois*
55. *Iceberg-ship*
56. *Lacustra City*
57. *L'héritage du Bulb*

G.-J. ARNAUD

LES MILLÉNAIRES PERDUS

LA COMPAGNIE DES GLACES — 58

FLEUVE NOIR

ISBN 2-265-04543-8

LA COMPAGNIE DES GLACES

Résumé des épisodes précédents

La Terre sort lentement d'une très longue période glaciaire et les hommes, après des siècles d'un froid glacial, essayent avec timidité de l'habituer au nouveau climat et aux catastrophes que déclenchent le réchauffement de l'air et la fonte des glaces. Tsunamis gigantesques, icebergs terrifiants, fleuves si larges qu'on n'aperçoit jamais l'autre rive et qui charrient des millions de mètres cubes de boue, des brouillards. L'économie, la politique se trouvent désorientées, mais les hommes persistent dans leurs calculs sordides, dans leur recherche éperdue du pouvoir et de la richesse. Peu à peu les Roux, ces Hommes du Froid qui hantaient la vie des Hommes du Chaud, se réfugient dans l'Antarctique où persisteront longtemps les conditions essentielles de leur survie. Là-haut dans le ciel, un fantastique satellite spatial géostationnaire, fait du corps d'un animal de l'espace et d'un ensemble sophistiqué de techniques humaines, a régulé jusque-là le climat de la Terre. Mais l'animal de l'espace, le Bulb, entre en agonie et renonce à sa mission séculaire. Sur Terre, la civilisation ferroviaire qui maintenait, au propre comme au figuré, sur ses rails toute l'humanité en un semi-esclavage, cette civilisation se désintègre tandis qu'apparaissent des cargos et d'immenses bateaux de glace sur les mers, des dirigeables et des hydravions dans le ciel.

Lien Rag, le héros principal de la série et ses deux fils, Jdrien et Liensun, essayent de faire face à cette nouvelle adversité. Liensun, arriviste lucide et combatif, songe déjà à une nouvelle société plus dynamique, plus libérale, tandis que Jdrien, le Messie des Roux, veut protéger son peuple des méfaits futurs du Soleil. Des femmes énergiques, amoureuses, luttent de leur côté désespérément pour protéger l'essentiel.

PERSONNAGES

Lien Rag : *héros principal de la famille des Ragus, ancien glaciologue.*

Jdrien : *son fils aîné, né d'une Rousse donc métis et Messie des Roux.*

Liensun : *fils cadet, ancien Rénovateur du Soleil, arriviste complexe.*

Yeuse Semper : *ancienne danseuse de cabaret, amie de Lien Rag, P.-D.G. de La Panaméricaine.*

Le Kid : *Gnome, ex-P.-D.G. de la Cie de la Banquise détruite par le réchauffement, dirige l'île du volcan Titan.*

Gus : *(Lienty Ragus) cousin de Lien Rag, exilé dans le satellite S.A.S. ou Bulb.*

Farnelle : *femme d'action, propriétaire du cargo* Princess.

Ann Suba : *physicienne, ancienne Rénovatrice du Soleil, pilote un hydravion.*

Songe : *ex-Rénovatrice dissidente, a lancé une compagnie de dirigeables, amie de Liensun.*

Tharbin : *P.-D.G. du Consortium des Bonzes.*

Kurts : *maître de la locomotive pirate, fut exilé sur S.A.S. avec Lien Rag, décédé.*

Isaie : *médecin douteux n'ayant jamais quitté le satellite S.A.S.*

Palaga : *grand maître suprême de la caste des Aiguilleurs, passe pour immortel, disparu.*

Floa Sadon : *P.-D.G. de la Transeuropéenne, décédée.*

Maréchal Sofi : *maître de la Convention du Moratoire de la Sibérienne.*

Faro : *prêtre illuminé du S.A.S.*

Jael : *demi-sœur de Liensun, amie de Lien Rag.*
Herandez : *dit le Caudillo, dictateur de la Guilde des Harponneurs.*

Groupes humains

Les Ragus : *famille originaire du S.A.S., ennemie des Aiguilleurs.*
Les Roux : *primitifs adaptés au froid glaciaire, originaires du S.A.S., issus de manipulations génétiques.*
Rénovateurs du Soleil : *dissidents de la société ferroviaire, divisés en mystiques et scientifiques. Le dégel rend leur idéologie périmée.*
Néo-Catholiques : *principale religion de l'ère glaciaire. Le pape Pie XIII est installé à Vatican II. Ils détiennent bien des secrets, principalement sur la durée exacte de l'ère glaciaire.*
Echafaudages : *colonie rénovatrice du Tibet, abandonnée.*
Caste des Aiguilleurs : *dirigeants occultes de la société ferroviaire, issus du S.A.S.*
Guilde des Harponneurs : *syndicats des chasseurs de baleines, barbares et imbus de leur supériorité. Dominent à présent l'Antarctique et menacent l'Australasienne.*

PRINCIPALES COMPAGNIES FERROVIAIRES AVANT LE RÉCHAUFFEMENT

Africania : *Cette Compagnie regroupe le continent africain, la péninsule ibérique et une partie du Moyen-Orient.*
La Sibérienne : *de l'ancienne Pologne au Pacifique, du pôle Nord à la Chine. Immense, mal connue, en proie au dégel qui la morcelle.*
Transeuropéenne : *archaïque, exsangue depuis sa guerre contre la Sibérienne, échappe pour l'instant au réchauffement mais non aux troubles sociaux.*
Australasienne : *fédération du Sud-Est Asiatique faite de petites Compagnies, en voie de disparition.*

Panaméricaine : *la plus grande, la plus puissante, organisée de façon sévère. Sa célèbre P.-D.G. Lady Diana était une dirigeante cruelle remplacée par Yeuse. En voie de délabrement à cause du dégel : le Mississippi fait littéralement exploser son territoire. Yeuse est réfugiée en Patagonie Occidentale.*

La Compagnie de la Banquise : *immense Compagnie créée par le Kid sur la banquise du Pacifique, complètement anéantie par le réchauffement.*

Zone Occidentale : *tentative des Roux évolués pour se constituer une nation, mais échec de collectivisme.*

Pays de Djoug : *pays lacustre à l'extrémité de la Sibérie, en bordure de la mer d'Okhotsk et du Kamtchatka.*

Lacustra City : *s'inspirant du pays de Djoug, Liensun a créé une ville sur la côte méridionale de la Chine, également sur pilotis.*

China Voksal, Markett Station : *villes marchandes.*

Nemicie : *New Mikado Company, petite Compagnie où abordent les icebergs-ships.*

Le S.A.S. : *énorme satellite géostationnaire d'où sont issus les Ragus, les Roux et les Aiguilleurs : véritable planète créée à partir du corps monstrueux d'un animal de l'espace, le Bulb, et de techniques humaines. Très délabré lui aussi. Au nom de l'Abominable Postulat, son rôle essentiel était de maintenir la Terre dans l'ère glaciaire afin que les Aiguilleurs conservent le pouvoir.*

Jelly : *monstrueuse amibe du Nord Pacifique, très dangereuse, pouvant s'étendre sur des millions de kilomètres carrés pour se nourrir, phagocytant tout ce qui vit mais semble disparue depuis le réchauffement.*

CHAPITRE PREMIER

Tout commença le jour où Liensun voulut à l'improviste visiter les ateliers de montage de la Manufacture d'hydravions Kurts. Depuis peu l'entreprise parvenait à sortir deux hydravions par mois et préparait en même temps un super-hydravion de cinq cents tonnes de charge utile, un prototype qui sur les plans ressemblait à un animal monstrueux. Les ingénieurs d'Ann Suba avaient opté pour l'utilisation de deux techniques, celle du dirigeable à hélium et celle de l'hydravion tel qu'on le connaissait à Lacustra City. La maquette primitive au cinquantième était d'ailleurs exposée dans plusieurs boutiques de la nouvelle ville sur pilotis, et attirait les regards des visiteurs de la cité. Ce ne serait qu'un hybride uniquement réservé au transport et volant à moins de quatre cents kilomètres à l'heure. Cette fabrication n'avait rien de véritablement secret et Liensun s'étonna, avant de se vexer, qu'on lui interdise l'accès à l'un des ateliers de montage. Les gardes restèrent sourds à ses menaces mais acceptèrent de téléphoner à Ann Suba qui accourut. Elle paraissait à la fois ennuyée et amusée. Le visage renfrogné de Liensun la rendit encore plus gaie.

— Je croyais que j'étais partie prenante dans cette manufacture, lâcha-t-il, irrité. Jusqu'ici je ne me suis jamais heurté à tant de méfiance.

— Calme-toi… La consigne était stricte. Mais toi évidemment tu peux entrer et voir ce qui se trame derrière cette porte.

La première chose qu'il découvrit en pénétrant dans cet atelier ce fut trois carrosseries de silico-cars. Une fabrication de haut niveau de la défunte Compagnie de la Banquise, du temps où son rayonnement économique était l'un des plus puissants de la planète. Ces silico-cars fabriqués en série étaient des véhicules personnels circulant sur les rails, dotés du dernier confort. Une famille pouvait y loger sans peine, se déplacer sur de longues distances grâce à un moteur très performant et économique. Les ateliers de la Banquise avaient sorti des silicos luxueux, des limousines, des voitures de prestige pour les hauts personnages des Compagnies. Quatre personnes pouvaient vivre, dormir, manger à bord d'un de ces engins.

— Tu as récupéré ces vieilleries?

— Pas des vieilleries puisque la plupart circulent encore dans quelques Compagnies. La Banquise en a fabriqué des milliers. Les moteurs sont toujours aussi performants et nous allons copier leur carrosserie. Le Kid est d'accord et nous fournira le verre de silice. Dans l'île du Titan il va faire construire de nouvelles usines modernes pour la fabrication de ce matériau et le moulage des carrosseries.

— Tu comptes relancer cette fabrication, fit Liensun avec mépris, alors que la glace fond partout, que les voies ferrées disparaissent et que nous savons que les gens n'osent plus se déplacer de crainte de se trouver bloqués. Tu n'en vendras pas un seul.

— Ce ne sont pas des silico-locos mais des silico-autos. On va leur mettre des roues caoutchoutées, une direction. Ces nouveaux silicos circuleront sur la route, ta route qui va bientôt atteindre Tcheou Voksal. Mais nous ne nous arrêterons pas aux véhicules particuliers, nous aurons des véhicules de transport de marchandises. Ce que l'on appelait avant la glaciation des camions.

— Des camions, pour les concentrer sur les trois cents kilomètres que fera cette route en bois? Il y a déjà le train qui fera des navettes ininterrompues. Nous n'aurons pas besoin de tes camions. Et puis les glisseurs seront préférables car, de la route, ils pourront directement passer sur la glace ou sur l'eau.

— Tes glisseurs sont des dévoreurs d'énergie. Pas mes silicos. Et d'autres routes se construiront quand les gens se rendront compte que c'est le moyen le plus sûr de communiquer entre eux, au-dessus de la glace en plein dégel et des fleuves furibonds. Jamais un de tes glisseurs ne pourra franchir le Yang Tsé Kiang ou Fleuve Bleu, ni le Si Kiang qui commence d'inquiéter tout le monde au sud de Lacustra City, à quelques *miles* d'ici.

— Nous ne risquons rien. Il ne nous atteindra jamais.

N'empêche que ce fleuve commençait à rompre sa voûte de glace en de nombreux endroits et que la ligne sud en direction de Nemicie, la petite Compagnie où les *icebergs-ships* débarquaient leur cargaison d'huile de phoque, se trouvait menacée. Ann Suba avait raison. Aucun glisseur ne pourrait affronter les eaux furieuses des fleuves libérées après des siècles, certains disaient des millénaires de glaciation. L'impétuosité de ces eaux douces était effarante, et dans certaines régions elles paralysaient complètement la vie, noyaient les voies ferrées, les stations, les gens, ne laissaient qu'une masse tumultueuse, boueuse, effrayante par ses remous gigantesques, ses maelströms diaboliques. Seuls des ponts suspendus pouvaient franchir ces monstres liquides, et encore dans leur plus étroite largeur. Certes, Liensun envisageait des ponts suspendus, soutenus en différents points par des ballons d'hélium. Encore faudrait-il trouver un ancrage dans le lit même de ces torrents fantastiques, ce qui serait peut-être irréalisable.

— Pour le Si Kiang, nous avons repéré une vallée étroite où nous pourrons lancer un pont. Mais pour le Yang Tsé Kiang, c'est évidemment autre chose.

Des ouvriers achevaient de monter une « silicoto » comme Ann voulait les baptiser, et Liensun tourna autour, examinant les roues chaussées de gros boudins à crampons, le volant de direction, l'habitacle avec à l'arrière la partie réservé au logement proprement dit.

— Nous en construirons de plus petits où l'on ne fera que voyager, car on couchera dans des routels installés sur les bords des routes. On mangera également dans ces établissements.

Liensun restait sceptique : il ne voyait pas l'avantage immédiat de cette fabrication. Ann Suba lui expliqua que l'autonomie serait meilleure si l'infrastructure des routes en planches suivait avec des carrefours, des passages inférieurs ou supérieurs à cause des rails. On pourrait revenir dans l'autre sens sans avoir à chercher une station pour se faire aiguiller ou pour emprunter une plaque tournante. D'autres routes, sans circulation ferroviaire, permettraient d'accéder à toutes les régions, car ces véhicules se moqueraient des fortes pentes.

— Les silicotos franchiront des côtes de dix et de quinze pour cent sans problème. Aucun train ne peut le faire, sinon les trains spéciaux de montagne. Nous irons tout droit pour les nouvelles routes, en nous moquant des dénivellations. Si tu avais construit cette route pour Tcheou Voksal uniquement pour mes engins, tu aurais terminé ton chantier depuis des mois. Il faudra y songer désormais.

— C'est une révolution totale que tu demandes, fit Liensun, alors que les gens de ces contrées acceptent à peine le dirigeable et l'hydravion...

— Quand les isolés, il y en aura de plus en plus malheureusement, verront approcher les chantiers routiers après des années de solitude, ils n'auront aucune prévention, bien au contraire. Nos silicamions livreront les produits dont ils auront manqué si longtemps et, crois-moi, nous aurons du succès. Il suffit d'une implantation de moins de dix mètres, pour commencer. Pour les chemins de fer, tu as dû imaginer une implantation de trente-cinq mètres. On peut même réduire la largeur dans les endroits les plus dépeuplés, cinq mètres avec des plates-formes de dépassement ou de croisement. On n'a besoin que de pilotis et de planches. Finis les rails à boulonner, les signaux à installer, le dispatching à prévoir.

Mais Liensun n'était pas convaincu. Certes il avait été heureux de se servir des dirigeables, des hydravions, mais le rail restait malgré tout le principal moyen de communication en dessous de ces appareils, sur la terre, et voilà que tout allait être bouleversé par de simples rubans de planches qui partiraient à l'assaut des montagnes, iraient même là où le rail n'avait jamais pu être installé.

— Nous avons déjà réalisé de copieux bénéfices avec les hydravions et nous les investissons dans plusieurs projets dont les silicotos qui, d'ailleurs, ne nous demandent pas tellement d'argent. Nous pourrons bientôt financer la construction des prochaines routes, et je pense qu'il faudrait développer celle du sud, en prévision du jour où le réseau ferré ne sera plus en état de supporter les lourds convois.

Liensun sortit de la manufacture assez songeur, car ce projet le laissait perplexe. Il savait qu'en créant les silicotos Ann Suba entraînerait automatiquement la construction d'autres routes. C'était ainsi. Un objet n'était plus créé en fonction de son utilisation immédiate, mais à partir du moment où il existait, un élan irrésistible poussait les gens à vouloir le faire fonctionner. C'était ainsi que l'économie nouvelle pourrait devenir prospère. On anticipait sur les besoins des gens et, dans Lacustra City, une autre entreprise utilisait la viande de phoque pour créer une nouvelle alimentation complètement différente de ce que les gens connaissaient et appréciaient. La viande de phoque n'était qu'un pis-aller pour une population hautement raffinée qui habitait des régions encore préservées du dégel. Les produits nouveaux lui plairaient davantage.

Il emprunta un des glisseurs pour suivre la route de l'ouest et vérifier certains aspects du chantier, notamment les ponts suspendus sur de profondes vallées où des rivières grondaient. Il était fasciné par ces masses d'eau en mouvement qui se ruaient vers des fleuves plus importants, surtout le Si Kiang. En disant à Ann Suba qu'il n'était pas très perplexe de la renaissance de celui-ci il avait exagéré, car l'eau tiède finirait par hâter la fonte des glaces et il était inquiet sur la résistance des pilotis des plates-formes. Lacustra City avait dépassé les deux cent cinquante mille mètres carrés de surface et avait approximativement la forme d'un carré de cinq cents mètres de côté. On travaillait à l'installation d'un port très original qui serait situé sur le même niveau. Un système d'ascenseurs hydrauliques hisseraient les futurs cargos à des bassins intermédiaires, puis dans les derniers accrochés sur le même plan que la cité. Une œuvre colossale qui nécessitait des ingénieurs de premier ordre. On les avait trouvés en Patagonie surtout, où ces gens compétents s'étaient réfugiés. Là-bas aucun projet n'était susceptible de les passionner et Yeuse avait dû les laisser partir. Yeuse se débattait dans des difficultés si quotidiennes qu'elle ne pouvait établir des plans pour l'avenir. D'ailleurs sa Compagnie se réduisait de plus en plus, le nord de la Patagonie étant envahie par les eaux de l'Amazone et le Parana, long de 3 300 kilomètres, qui allait former avec le fleuve Uruguay le Rio de la Plata d'autrefois. Toutes ces régions devaient être abandonnées par les lignes de chemin de fer. On savait que des groupes humains survivaient dans des îlots protégés, mais on ne pouvait rien pour eux. Yeuse avait reçu un premier hydravion, en avait commandé un autre. Le Consortium des Bonzes lui avait promis un dirigeable qui n'arrivait pas. Il avait fallu construire, spécialement pour elle, un bateau de glace qui désormais faisait des aller et retour constants entre l'île aux Phoques et Magellan Station.

Il immobilisa son glisseur sur un pont suspendu vertigineux. Une rambarbe très haute protégeait la chaussée mais, malgré la hauteur, les embruns du fleuve fouettèrent son visage. La température s'était encore élevée et, désormais, on pouvait circuler le visage nu, avec des moins dix, moins vingt au maximum. Le réchauffement était plus évident au centre du continent chinois où la température moyenne était de quelques degrés au-dessus de zéro, d'où la fonte des fleuves en amont.

Dans la soirée il atteignit Tcheou Voksal et nul ne s'étonna de le voir descendre d'un glisseur. La voie ferrée de raccordement était presque terminée et le premier train circulerait entre Lacustra City et cette station avant une semaine.

Le chef de station lui dit que le réseau sud était sérieusement menacé par la montée des eaux, qu'il avait fallu percer le ballast en plusieurs endroits mais que ce ballast de glace ne résisterait pas bien longtemps.

— Il a fallu réduire le tonnage des convois, de mille à huit cents et ensuite à cinq cents, cependant nous allons devoir interdire les convois au-dessus de trois cents tonnes. Les trains de voyageurs, eux, sont complètement arrêtés.

— Il faut que je me rende là-bas. Je vais louer une draisine.

— On ne peut vous refuser l'autorisation de circuler mais à vos risques et périls. Vous auriez dû prendre l'hydravion ou le dirigeable.

Désormais il y avait des lignes régulières entre différents points à partir de Lacustra City. Une ligne de dirigeables et d'hydravions pour la Nemicie, une autre pour China Voksal et enfin pour Markett Station. Bien sûr les liaisons avec Titan étaient encore plus fréquentes, mais on étudiait une ligne d'hydravions avec le pays de Djoug.

— La ligne de Markett Station résiste bien, elle, et le trafic est de plus en plus dense. On dit que l'Himalayenne serait renforcée par le Consortium des Bonzes pour réactiver le commerce avec le sud de la Sibérienne. On dit aussi qu'ils sortiraient bientôt un dirigeable de mille tonnes de charge utile. Ce sera un véritable monstre. Je me demande comment fera l'équipage en cas de tempête, et celles-ci sont de plus en plus terribles.

Liensun croyait plutôt en l'avenir des dirigeavions que la Manufacture Kurts allait sortir. Cinq cents tonnes de charge utile et une meilleure résistance aux coups de vent. Les turbopropulseurs étaient plus puissants que les moteurs à hélice, et cet appareil pouvait se poser sans avoir besoin d'être halé. Il atterrissait sur une surface très courte et ensuite il n'y avait qu'à dégonfler la partie dirigeable pour que les ouragans n'aient aucun prise sur lui.

Il trouva sa draisine facilement, les gens ne voyageant plus guère, et fila vers le sud sur la voie rapide, aucun convoi prioritaire ne circulant. Il avait emporté des provisions et des outils en cas de pépin. Son indicateur de continuité du rail donna l'alerte à vingt-neuf kilomètres d'une interruption assez importante, et il dut, à partir d'une petite station, sélectionner une demi-douzaine de voies avant d'être sûr de pouvoir continuer son voyage. Quand il atteignit l'endroit, il se rendit compte que le réseau était submergé sur des kilomètres et que l'indicateur ne pouvait prévoir cette inondation. Un fort courant poussait une rivière en crue et avait déjà dû emporter plusieurs rails. Il passa au ralenti et l'eau monta plus haut que ses portes, heureusement étanches. Le moteur lui-même était hors d'eau mais quand il sortit enfin de cette zone il soupira de soulagement, pensa que son retour était plus que compromis. Il y avait des convois dans l'autre sens, des convois de wagons-citernes chargés de fuphoc en provenance de Nemicie. Il reconnut l'immatriculation de la petite Compagnie mais ces convois dépassaient les trois cents tonnes prescrites, semblait-il. Ils risquaient de défoncer complètement le réseau. Il put communiquer par radio avec le mécanicien qui lui répondit ne pas avoir reçu d'instructions à propos de la charge autorisée.

Il dut s'arrêter pour dormir quelques heures sur une voie de garage, atteignit la frontière de la Nemicie au lever du jour. Celui-ci était moins lugubre qu'autrefois, et il arrivait même que des lueurs roses très fugaces sillonnent la masse des nuages au-dessus des têtes. L'évaporation était importante mais les brouillards moins fréquents que l'on ne l'avait craint. Lorsqu'il volait, soit en hydravion soit en dirigeable, il découvrait des épaisseurs incroyables de nuées. Le vent du sud les entraînait vers le nord où elles crevaient en pluie puis en neige, selon l'altitude. On parlait de rizières aménagées sur certains plateaux.

A la frontière, il passa sans difficulté mais vit que des dizaines de convois attendaient. On acceptait enfin de réduire le tonnage, cependant on manquait de locomotives. Sa demi-sœur Jael se trouvait en discussion avec le chef du trafic lorsqu'il la retrouva. Il indiqua l'endroit où l'eau atteignait des hauteurs dangereuses. Sa sœur, quand elle eut fini de régler les départs des convois, l'entraîna dans son train personnel que lui avait offert Lien Rag, le père de Liensun. Jael était la compagne de son père, mais née d'une même mère que lui. Elle avait toujours été amoureuse de Lien Rag, et depuis plus d'un an ses rêves de jeune fille se voyaient comblés. L'ancien glaciologue était d'ailleurs très amoureux de sa jeune amie.

— Il faut que tu consacres toute ton attention aux routes. Enfin aux lignes sur pilotis, sinon nous allons devoir abandonner la Nemicie. Les convois vont encore passer quelques jours, une semaine peut-être, et puis ce sera terminé. Je manque désespérément de locomotives et j'ai même utilisé les vieux tracteurs, les vieux remorqueurs de gare.

Construire une route vers le sud en un temps record c'était possible, pensait Liensun. La scierie géante des îles de la Reine Charlotte pouvait produire les quantités des bois nécessaires. De plus, on avait repris les achats de bois dans le pays de Djoug, après une période de relations presque rompues. Des radeaux équipés de chaudières à vapeur descendaient désormais régulièrement du nord. Le *Rewa* et le *Princess* remontaient ensuite ces chaudières et les équipages pour une nouvelle rotation. Oui, on pouvait construire une route en un temps record en utilisant les dirigeables comme engins de grutage et pour franchir les vallées, mais il faudrait abandonner l'agrandissement de Lacustra City. Or, ce qu'ignorait Jael, c'est que l'argent provenait surtout de Lacustra City, où, de plus en plus d'entreprises s'installaient et payaient très cher les mètres carrés de plates-formes lacustres dont elles avaient besoin. Les prix ne cessaient de grimper et il avait fallu autoriser la construction de bâtiments de grande hauteur. La technique des constructions en bois se heurtait de plus en plus à des problèmes ardus, sinon insolubles, et déjà on parlait de constructions métalliques en matériaux composites et même en béton. Ce béton interdit en général, sauf dans les mines, et qui allait être à nouveau utilisé.

— Sans le fuphoc, rien ne peut marcher, dit Jael, agacée par la réticence de son demi-frère.

— J'en suis bien conscient, mais on peut venir chercher le fuphoc ici à l'aide de dirigeables, d'hydravions et même de bateaux. On pourrait construire de petits bateaux de glace qui feraient le cabotage. Cependant la route va nous paralyser des mois, si nous l'entreprenons. Nous devons aussi songer au nouveau port. Le Consortium des Bonzes fabrique des cargos sans s'arrêter et, bientôt, il disposera d'une flotte impressionnante qui aura besoin de ports. Nous pouvons passer un accord avec Tharbin pour que l'huile soit prise ici et acheminée un peu partout.

— Tu ne ferais pas ça ? Nous avons le monopole de la distribution, ici. La Nemicie se contenterait d'être un dépôt de réservoirs ? Ils ne l'accepteront jamais, ici.

— Ils ont déjà gagné pas mal d'argent avec nous. Les meilleures choses ont une fin. Je ne peux construire le port, la cité et les routes en même temps. J'ai ma liaison avec Tcheou Voksal, donc avec Markett Station, et par conséquence avec China Voksal que l'on peut atteindre grâce à ce détour. La route du sud serait longue, très longue, trois mille kilomètres car il faut suivre l'inlandsis. La banquise s'effrite de plus en plus, et si nous devons installer nos pilotis sur la terre gelée en profondeur, ce sera très difficile, sans parler des nombreux ouvrages suspendus. Il faudra aussi franchir le Song Koi ou Fleuve Rouge, celui-là même qui envahit le réseau du nord actuellement.

— Oui, mais ensuite il n'y a plus de fleuves importants, d'après les cartes anciennes, du moins de fleuves susceptibles d'avoir un lit énorme.

— Pour franchir les montagnes, il faudra travailler sans relâche, mobiliser les dirigeables, faire livrer le bois au sud de Lacustra pour éviter les longs parcours. C'est une immense entreprise. Et ensuite il y aura la voie ferrée à poser...

— Tu veux abandonner la Nemicie ? Mais qu'en pensent le Kid, Farnelle ? Ton père ne sera pas d'accord.

— Il n'a rien à te refuser, ricana Liensun.

— Il trouve que ce port naturel est très bon et pense qu'il n'existe pas le même ailleurs. Comment feras-tu avec ton port à étages pour accueillir les *icebergs-ships* ? Le dernier de trois cent quatre-vingts mille tonnes, par exemple, qui a besoin d'un tirant d'eau dépassant les cent mètres ?

— Il peut s'immobiliser au large, et avec un sea-line on le videra de sa cargaison. Il verra son temps d'immobilisation réduit de plus de la moitié, ce qui ajoutera à la rentabilité.

— Et l'équipage, après deux mois de navigation n'aura même pas droit à une bordée à terre ?

— Si nous mangions au lieu de nous disputer ?

Elle lui proposa de sortir et il constata avec surprise que la petite capitale, Mikado Station, avait changé totalement depuis que les *icebergs-ships* abordaient plus au sud. Les retombées économiques provoquaient un boum. Les magasins étaient plus nombreux ainsi que les bars, les lieux de plaisirs, les restaurants et les hôtels. Jael l'entraîna dans un établissement confortable où l'on servait de la très ancienne cuisine chinoise, et notamment un excellent canard laqué farci. Il n'en avait jamais mangé et en restait silencieux de surprise.

— Qu'en penses-tu ?

— Que nous devrons essayer d'avoir de tels établissements à Lacustra City. Pour l'instant on trouve des endroits fonctionnels pour nourrir les ouvriers, les techniciens, les gens qui travaillent le bois. Ils ont de l'argent mais ne trouvent pas à le dépenser.

— Souviens-toi de Titanpolis, la cité de cristal que le Kid avait créée et qui était la plus belle du monde mais où on s'ennuyait ferme, si bien que les plus nantis se livraient entre eux aux pires débauches et se laissaient gagner par une décadence irréversible des mœurs.

— Lacustra City sera la ville commerçante, industrielle, ville d'affaires, ville des loisirs aussi.

— Ville culturelle ? demanda ironiquement sa sœur. Avec des théâtres, des salles de concert, des musées, un opéra, des cinémas, des bibliothèques ?

Liensun faillit rougir et se resservit du vin de riz très parfumé, sans répondre.

— Qui va s'occuper de tout ça ? demanda la jeune femme.

— Je n'y ai pas encore songé, le Kid, mon père et Farnelle non plus.

— Il faudrait Yeuse, qui avait bien réussi avec Kaménépolis. Elle devrait abandonner la Patagonie où, paraît-il, elle ne peut que retarder l'échéance. La situation devient explosive là-bas, dit-on, et elle risque sa peau.

Liensun se prit à rêver d'une Yeuse installée à Lacustra City et accessible à son charme. La dernière fois où il l'avait rencontrée, il lui avait sans nuances parlé du désir qu'elle lui inspirait.

— Tu n'es pas jalouse? demanda-t-il. Yeuse a toujours été la femme préférée de Lien Rag. Il l'a souvent trompée mais il revenait toujours vers elle.

— Elle aussi, je sais, mais j'ai confiance et je pense qu'elle pourrait être utile à l'Omnium du Pacifique en général, et à Lacustra City en particulier.

— Peut-être, mais si elle s'en va, nous ne pourrons conserver l'île aux Phoques qui produit toute l'huile dont nous avons tant besoin.

CHAPITRE II

Les miliciens de la Manu avaient dû faire usage de leurs armes une fois de plus, au cours de la nuit, et Yeuse s'était habillée pour se rendre aux nouvelles. Depuis quelques jours la tension était extrême dans Magellan Station, et des bandes armées attaquaient tous les points sensibles de la cité, s'emparaient des trains importants, si bien que Yeuse ne régnait plus que sur quelques centaines de personnes. Toutes les communications étaient coupées avec le reste de la Patagonie, et elle ignorait tout ou presque de la situation dans ces immensités encore épargnées par le dégel. La Manu et son cabinet présidentiel lui restaient fidèles, mais pour combien de temps ? Le cargo *Espoir* venait d'être attaqué et pillé par des individus puissamment armés, et on disait que les Harponneurs allaient débarquer incessamment dans la Compagnie. Le *Chimère*, endommagé par les attaques de l'hydravion de Liensun, avait été réparé depuis neuf mois et transportait des commandos jusqu'à l'inlandsis américain. On ne recevait plus d'huile de phoque de la côte occidentale du Mexique, et elle ne pouvait plus communiquer avec Lien Rag, ni avec Benfield qui commandait le détachement de la Manu là-bas.

On avait une fois de plus repoussé les assaillants et, avec le jour, on aurait peut-être quelques heures de tranquillité assurée. Toutefois, Yeuse commençait sérieusement à imaginer son départ. Elle aurait souhaité que son train présidentiel quitte ce quai résidentiel en direction de l'ouest. Elle essayerait de gagner le village d'El Condor, dans les Andes, d'où elle pourrait ensuite atteindre la côte ouest où les soubresauts politiques et terroristes étaient pour l'instant inconnus. Elle en parla au chef de la Manu, Gandevez, qui discutait son plan sans y être opposé.

— Nous devrons tirer dans le tas pour nous dégager de la station et par la suite nous nous heurterons à des bandits de grandes voies. Des gens armés qui ne font pas de quartier. Pour atteindre Pampa Station, il nous faudra des jours. Notre ravitaillement en huile devra être assuré. Après Pampa, tout ira bien mieux jusqu'à Santa Maria del Corazon chez El Condor. Nous sommes tous décidés à quitter cet endroit, donc motivés, car la situation n'est plus tenable entre les bandes de gangsters, les terroristes et les commandos des Harponneurs. On n'a plus de nouvelle de l'*Espoir*, votre cargo, et il est à craindre qu'il ne soit aux mains de la Guilde et ne serve de transporteur de troupes.

— Leur objectif a toujours été de prendre pied sur un continent. Ils ont essayé en Australasienne, en Africania, et ne leur restait que la Patagonie. D'ici ils menaceront dans quelques mois l'île aux Phoques, et s'ils s'en emparent, ils auront la suprématie sur tous les carburants énergétiques d'origine animale. De quoi faire plier les Compagnies de l'Australasienne et mettre l'Omnium du Pacifique, où se trouvent mes amis, à genoux.

Contrairement à leur espoir, les combats reprirent dans le courant de la journée, et deux draisines blindées de la garde de la Manu furent détruites par des roquettes. Les survivants se replièrent vers le train présidentiel. Il ne restait plus que trois draisines blindées pour bloquer les différents accès du quartier présidentiel. Sur ses quais habitaient quelques personnalités disposant de trains privés et de draisines qui essayèrent de fuir, mais tombèrent entre les mains des groupes armés. On ignorait tout des assaillants, car il était difficile de démêler les bandits des terroristes. Quant aux Harponneurs, ils devaient attendre tranquillement que les combats épuisent les adversaires, pour intervenir.

En fin de soirée, les trois draisines réussirent à se regrouper et Gandevez annonça qu'on avait de fortes chances d'ouvrir un passage en direction de l'ouest.

— La centrale électrique va couper le courant faute d'énergie et la nuit sera totale. Nous possédons de puissants projecteurs alors que les assaillants n'utilisent que des phares de draisine. Nous avons toutes les chances.

Yeuse donna son accord et en moins d'un quart d'heure le train présidentiel quittait son quai. Les trois draisines arrosaient copieusement les quartiers qu'elles traversaient. Parfois des groupes apparaissaient tenant un gros lance-missiles, mais très vite les tireurs de la Manu les repéraient aux lunettes infrarouges.

— D'où sort donc l'armement dont ils disposent? s'étonna Yeuse.

— Les dépôts des quais ont été pillés ces derniers jours. Toutes les armes qui avaient pu être rapatriées d'Antarctique s'y trouvaient. Des stocks considérables.

Il aurait fallu les détruire, pensa-t-elle, mais depuis qu'elle était devenue P.-D.G. de la Panaméricaine, elle avait eu tant de choses à faire. Au début elle voulait améliorer le sort des habitants les plus démunis, et puis le dégel avait commencé. Elle avait combattu des ennemis puissants, avait été déstabilisée une fois, s'était réfugiée en dehors de la Compagnie, y était retournée, et avec l'aide de clandestins dévoués à sa cause, avait pu reprendre le pouvoir.

— Nous allons passer, l'assura Gandevez.

Au même instant une des draisines sauta sur une mine et sa carcasse bloqua les voies accessibles. Il fallait repartir en arrière, trouver un aiguillage ou une plaque tournante, mais en définitive les mécaniciens qui se servaient du lecteur de schéma découvrirent un énorme saute-mouton, qui enjambait tous les réseaux de l'ouest pour rejoindre des lignes de trafic de marchandises qui n'étaient plus utilisées depuis des mois. Tous les détecteurs assuraient qu'elles étaient praticables, toutefois lorsque le train présidentiel se trouva sur l'énorme pont métallique qui passait au-dessus des quartiers les plus excentriques, un canon-mitrailleur le prit pour cible et l'un des wagons-citernes de carburant prit feu. Il fallut s'en séparer au plus vite et il roula dans l'autre sens, alla percuter une draisine de terroristes qui arrivaient. Il y eut une énorme explosion et l'arche du pont s'écroula. Le train présidentiel put poursuivre son chemin et s'éloigna enfin de la ville. Yeuse se retourna et sentit son cœur se serrer. Magellan était une importante station dans le temps, et désormais elle vivait un cauchemar de faim et de froid, la plupart des verrières n'existant plus.

Plus tard dans la nuit, un combat assez dur exposa les fuyards à toute une bande qui circulait à contre-voie sur de vieilles machines à vapeur du type dromadaire. Ils étaient armés de lance-missiles de gros calibre, mais par chance ne savaient pas viser correctement. Ils endommagèrent l'une des machines diesel que l'on traîna ensuite comme un poids mort avant de pouvoir s'en débarrasser.

— Nous allons maintenant pouvoir rouler à peu près tranquillement, mais à petite vitesse à cause des mines. L'une des draisines sera mise en marche automatique et nous la dirigerons depuis la dernière des draisines blindées.

Cependant la nuit fut calme. On n'effectua que trois cents kilomètres mais personne ne leur tira dessus. Le convoi traversait des stations endormies, misérables pour la plupart, où les habitants, s'ils n'avaient pas fui, devaient connaître les pires difficultés.

Au petit matin, Reiner entra dans le bureau de la présidente, l'air soucieux :

— Vous auriez dû faire appel à vos amis de l'île aux Phoques pour qu'ils envoient un hydravion ou un dirigeable... Plutôt ce type d'appareil qui aurait pu nous évacuer tous.

— Les relais radio fonctionnent toujours ?

— Non, pas vraiment, et le télégraphe a dû être détruit pour empêcher les insurgés de Magellan de prévenir les stations que nous rencontrerions. On va manquer d'huile très bientôt puisque l'un de nos wagons-citernes est détruit. Nous devrons opérer des réquisitions dans les prochaines stations que nous traverserons.

Cette fois Yeuse ne put en supporter l'idée. Pour la sauver, elle et tout son entourage, on avait tué, incendié des véhicules, et maintenant on allait priver de pauvres gens des dernières gouttes d'huile qui leur restaient ? Elle dit qu'elle se refusait à cette solution cruelle.

— Mais comment ferons-nous ?

— Achetez l'huile, troquez-la. Nous avons assez de vivres pour effectuer ce genre de transaction.

On réussit à se procurer une tonne environ contre de grosses quantités de viande et de farine. Gandevez désapprouvait en silence mais ne s'opposait pas à cet échange. Sur les quais de la minable station où ils s'étaient arrêtés, c'était une file ininterrompue de pauvres gens apportant un jerrican d'huile de phoque le plus souvent. Il y avait des vieilles personnes qui avaient le plus grand mal à porter un tel poids et qui traînaient leur container sur les quais glacés.

— Nous pouvons repartir mais il nous faudra recommencer plus loin, annonça le chef de train. Et nous avons distribué une bonne partie de nos provisions qui risquent de nous manquer, surtout plus haut dans les Andes, où l'on ne trouvera rien à manger.

Il fallait rouler lentement pour économiser l'huile et ainsi on s'exposait encore plus, car les Harponneurs avaient dû s'emparer de Magellan et lancer des trains ou des draisines à leur poursuite. Eux disposaient de grandes ressources d'huile. Yeuse y réfléchit une partie de la journée et exposa le produit de ses réflexions à son chef de la Manu. Il l'écouta avec attention, reconnut qu'elle pouvait avoir raison.

— Nous pouvons nous mettre en embuscade dans une de ces stations en partie déserte et tendre un piège. Depuis le poste d'aiguillage on peut faire dérailler un train et avant que les survivants ne puissent réagir on leur tombe dessus.

— Ne détruisez plus le télégraphe désormais. Les Harponneurs, en admettant que ce soient eux qui nous poursuivent, essayeront d'avoir de nos nouvelles, voudront savoir si nous sommes déjà passés en tel ou tel autre lieu. Nous leur répondrons nous-mêmes que oui, mais qu'il n'y a que quelques minutes, dès lors ils fonceront encore plus vite.

Sur le schéma des réseaux on choisit la petite station d'Isabel, qui était située à la sortie d'une série de collines abruptes, dans un vallon étroit où le réseau avait été construit. Il y avait même plusieurs tunnels et, ensuite, la station était installée dans un grand virage sur la gauche.

Ils n'y trouvèrent plus personne et très vite mirent leur plan à exécution. Il fallut éloigner le train présidentiel, mais Yeuse refusa de ne pas participer à l'action et accompagna Reiner dans le bureau du chef de poste auprès du télégraphe. D'ailleurs elle lisait le morse mieux que lui. L'installation était très sommaire. Ailleurs on trouvait des télégraphes qui imprimaient le texte, mais on était dans la région la plus déshéritée de Patagonie.

— Pourquoi pensez-vous que les Harponneurs nous poursuivent ? demanda l'adjoint à la synthèse scientifique quand ils furent seuls dans le compartiment.

— Parce qu'ils ont besoin de légitimité. Ils veulent s'emparer de moi pour me faire signer mon renoncement au pouvoir en faveur, certainement, d'un homme de paille. Sinon ils risquent de se heurter sinon à une résistance, mais du moins à la mauvaise humeur de ceux qui se sont réfugiés dans le coin.

On attendit trois heures avant que le télégraphe ne crépite et que les points traits ne s'inscrivent sur le rouleau de papier. Yeuse traduisait en même temps :

— Signaler passage convoi X 17 urgent.

Reiner soupira de soulagement.

— Je vais prévenir les gens du poste d'aiguillage.

— Un instant.

Elle ne répondit pas tout de suite et le message se réimprima de la même façon, cette fois suivi d'une menace : « Répondre immédiatement sous peine de poursuites. »

— Il fallait faire plus vrai. Un chef de poste dans un endroit aussi désert ne pouvait qu'être endormi. Maintenant je vais les rassurer.

Yeuse répondit en s'excusant platement, comme seul un pauvre petit employé l'aurait fait, que le X 17 avait stationné quelques heures dans sa station et venait tout juste de repartir, n'ayant pas trouvé l'huile et le ravitaillement qu'il espérait dans cette agglomération.

— Voilà qui va les appâter.

Mais alors que Reiner était parti prévenir le poste d'aiguillage, le télégraphe crépita à nouveau : « Dépêche non signée. Précisez nom et grade. »

Elle se sentit défaillir, faillit appeler Reiner à la rescousse mais décida de se débrouiller seule, commença de fouiller dans les paperasses. Le télégraphe marchait à nouveau, manipulé au loin par un doigt impatient : « Réponse immédiate. Nom grade... Sanctions sévères sinon. »

Elle ne trouvait pas. Jusqu'à ce qu'elle déniche un vieux registre des arrivées de voyageurs datant d'une semaine à peine, et signé du nom de Juguez, facteur hors classe, préposé à la station d'Isabel.

Rapidement elle envoya ces précisions en se demandant si c'étaient les bonnes, si ce Juguez n'avait pas été remplacé entre-temps, mais le télégraphe resta muet, ce qui n'était ni bon ni mauvais signe.

Reiner vint la chercher :

— Ne restez pas là, l'aiguillage est juste en face et vous risquez d'être blessé dans le déraillement.

Elle lui expliqua ce qui venait de se passer et comme elle, il pensait que peut-être elle n'avait pu donner le véritable nom.

— Mais le fait que vous sachiez manipuler le télégraphe les a convaincus...

— Vous vous trompez, Reiner, dit-elle. Je me souviens que chaque manipulateur a sa frappe et que le réceptionnaire à l'autre bout du fil sait à qui il a affaire sans que l'autre ait besoin de signer. Imaginez d'autre part que ce Juguez se soit réfugié dans la station précédente.

Peu après ils eurent la preuve que le pauvre Juguez était bien resté dans Isabel Station, quand ils découvrirent son corps dans un petit compartiment du wagon de la Manutention. Il s'était endormi près d'un poêle qui tirait mal et s'était axphyxié. Reiner montra que le poêle était chargé de mauvais charbon, de lignite que l'on retirait dans une mine proche de cette station.

— Les hommes de la Manu sont bien cachés, dit-elle. Ce qui importe c'est que ceux qui nous poursuivent aient de bonnes réserves d'huile.

— Si c'est de la baleine, vous aurez raison. Seuls les Harponneurs peuvent en disposer. Ici dans le sud, on ne pêche que le morse et certains poissons huileux mais pratiquement jamais de baleines.

Le malheureux Juguez avait quelques provisions, des biscuits de survie, de la graisse de porc, une boîte de haricots noirs que Reiner ne put s'empêcher d'ouvrir. Mais l'intérieur avait gelé. Il en retira les graines reliées par de la glace.

— Nous avons là-bas des appareils qui doivent signaler l'arrivée des convois, dit Yeuse. Il y a des crocodiles entre les rails, des sortes de ressorts qui déclenchent une sonnerie plus ou moins longue selon l'importance des trains.

Ils retournèrent au bureau de Juguez et attendirent. L'autre station était à deux cents kilomètres environ et leurs ennemis mettraient entre trois et quatre heures pour arriver ici. La ligne ancienne ne permettait pas de vitesses trop élevées et en débarquant en Patagonie les gens de la Guilde n'avaient pu trouver sur place des machines très modernes. Les plus récentes avaient été abandonnées dans le nord de la Panaméricaine lorsque le Mississippi avait commencé par ravager toute une partie du pays.

— Vous pourriez aller dans l'île aux Phoques, dit Reiner, et en prendre la présidence. Là-bas on peut avec cette huile et cette chair édifier un petit Etat très performant. Le traité avec l'Omnium du Pacifique pourrait être amélioré, si vous devenez la patronne de l'île.

— Je ne sais pas, mon cher Reiner, si j'ai encore envie de recommencer ce genre de carrière politique. Bien sûr à l'échelon d'une île aussi peu importante ce serait plus facile, mais je préférerais retourner vers mes amis en Australasienne... Et puis l'île aux Phoques n'a pas une durée de vie bien réjouissante puisqu'elle doit disparaître d'ici quatre ou cinq ans. Je ne vais pas m'investir dans ce genre d'aventure qui ne me laisserait pas le temps de faire des choses intéressantes.

— C'est dommage, murmura Reiner. Je suis certain que l'inlandsis en face celui du Mexique ancien serait aussi exploitable.

La sonnerie stridente du crocodile l'interrompit.

— Ils ont fait vite, s'étonna Yeuse.

CHAPITRE III

Les nouvelles en provenance de Magellan Station inquiétaient fort Lien Rag qui se trouvait dans l'île aux Phoques en train de surveiller le remplissage de son *Iceberg-Ship 2*, le plus gros. Pulsach était en route pour la Nemicie, avec le numéro un.

— Les nouvelles sont fragmentaires et proviennent de radioamateurs qui signalent que la Guilde aurait débarqué des commandos, mais que les combats sont surtout le fait de terroristes patagoniens et de voleurs cherchant à piller les riches trains de luxe et les entrepôts de la ville.

Désormais Lien Rag disposait de son propre hydravion basé dans l'île et qu'il pilotait lui-même. Il avait suivi des cours à Lacustra City, dans l'école créée par Ann Suba. Il admirait beaucoup tout ce que cette femme entreprenait et réussissait, et sa dernière création, le dirigeavion, lui paraissait une idée excellente. Il savait donc voler mais en fait n'était pas très à l'aise, surtout au décollage. Il avait dû accélérer ses cours entre deux aller et retour de son bateau de glace et il manquait d'expérience. Il n'effectuait que des circuits de deux à trois heures, sans jamais s'éloigner vraiment de l'île, allant seulement explorer les côtes de l'Amérique du Sud en direction des Galapagos. Il n'avait pas encore réussi à situer ces îles, à voir si elles étaient dégagées des glaces et si quelques animaux d'autrefois avaient réussi à survivre dans ces eaux.

Une agence de presse fonctionnait encore depuis un

endroit inconnu, proche de Magellan toutefois, et ne cessait d'envoyer des messages radio qui étaient relayés tant bien que mal par des radioamateurs. Le plus récent avait tout de même seize heures de retard et annonçait que les combats se rapprochaient du quartier résidentiel et du train de la présidente Yeuse. Plusieurs draisines blindées protégeaient les voies réservées au train présidentiel, mais quelques-unes avaient été touchées par des missiles.

— Ce sont de mauvaises nouvelles, dit le capitaine de la Manu qui venait lui rendre visite, et je crains le pire pour Lady Yeuse. Elle aurait dû quitter la Patagonie depuis longtemps, a cru trop passionnément qu'elle pouvait réorganiser la Compagnie depuis là-bas, mais c'est ici qu'elle aurait dû venir. Avec l'huile et la viande de phoque, elle aurait pu entreprendre une restructuration économique. Toute la province du Mexique juste en face n'est pas tellement atteinte par le dégel. Pas de gros fleuves ravageurs, juste des torrents qui restent franchissables.

Lien Rag avait l'impression que le milicien lui reprochait indirectement de ne pas avoir encouragé son amie Yeuse dans cette voie, d'avoir redouté que l'arrivée de la présidente et de son gouvernement ne bouleverse les termes du contrat qui liait l'île aux Phoques à l'Omnium du Pacifique.

— Il y avait de l'huile et de la viande pour tout le monde, répondit-il sans hausser le ton. Nous ne prélevons que le quart de la production en fait, ce qui est déjà considérable mais ne représente jamais que quatre-vingts jours de production, à raison de trente mille tonnes par jour. Il restait des millions de tonnes d'huile et de viande disponibles qui sont actuellement en stocks. Il a fallu réduire la chasse, si bien que les morses prolifèrent de plus en plus. Je crains que le troupeau ne se scinde en deux, car les ressources alimentaires en poissons diminuent, et qu'une importante partie ne s'en aille ailleurs. Nous n'avons jamais essayé de mettre la main sur toute la production.

— Vous envisagiez la construction d'un troisième

iceberg-ship de cinq cent mille tonnes cependant, fit remarquer le milicien.

— Le premier nous donne des craintes et aura certainement besoin d'être révisé sinon détruit. Nous prenons nos précautions, mais sachez que nous ne pouvons quand même pas inonder le marché australasien d'huile sans risquer de voir s'effondrer les cours. Nous savons ce que nous faisons et nous respecterons le traité. Nous sommes très largement en dessous des quotas que nous sommes autorisés à exporter, reconnaissez-le.

L'homme était un fidèle de Yeuse et il en était peut-être même secrètement amoureux. En tout cas il défendait ses intérêts avec sévérité et toutes les installations de l'île étaient constamment inspectées par lui. Il ne supportait pas qu'un seul endroit puisse être dissimulé à ses regards, et les ingénieurs qui étudiaient de nouveaux prototypes d'*iceberg-ship* dans les bureaux de la construction navale s'en inquiétaient, car il aurait pu à son aise photographier leurs travaux et les revendre aux plus offrants, les Harponneurs.

— Ecoutez, capitaine, le plus grave en ce moment c'est que les Harponneurs aient fini par prendre pied en Patagonie et que nous ne puissions intervenir. Nous devrions faire appel à nos autres hydravions, dirigeables, et il faudrait des mois pour rassembler une force qui les repousserait. Désormais toute attaque surprise est exclue. Deux fois nous avons réussi à les détruire partiellement, mais il ne faut pas compter sur une troisième. De plus leurs commandos se sont fondus dans la population patagonienne et une attaque ferait des victimes innocentes. Tout ce que je cherche à faire c'est d'aller au secours de Lady Yeuse.

— Je suis disposé à vous accompagner, dit le capitaine, mais nous n'avons aucune information précise. Nous devrons attendre. Vous n'envisagez pas un vol à l'aveuglette jusqu'à Magellan?

— Je pourrais survoler le sud de la Patagonie et essayer de capter un message, mais si elle est enfermée dans cette grande station, je ne vois pas comment vous et moi pourrions la sortir de ce guêpier. Elle avait tout de même des fidèles autour d'elle et j'ai bon espoir.

D'autres messages arrivèrent qui ne donnaient que de vagues informations. Il fallut attendre la nuit pour qu'un télégramme annonce que le quartier résidentiel avait été pris par les insurgés et les Harponneurs, que des images venaient d'être diffusées sur une petite chaîne qui émettait de Magellan même. Les images avaient été enregistrées et rediffusées par une autre station située au nord-ouest, et des villages des Andes les avaient captées, mais n'ayant aucun moyen de les reproduire, avaient simplement envoyé des télégrammes aux autorités des stations dont ils dépendaient.

— Yeuse est entre leurs mains dans ce cas, cependant je n'arrive pas à y croire, dit Lien Rag. Et dire que je n'ai aucun moyen de prévenir le Kid et tous les autres de l'Omnium pour que nous puissions ensemble décider d'une stratégie.

— Je croyais que vous deviez installer des relais radio, s'étonna le capitaine de la Manu.

— Il nous manque des îlots pour ce faire. Nous allons devoir passer par le sud, les Galapagos, l'ancienne île de Pâques puis l'Antarctique, et ensuite nous pourrons rejoindre le réseau installé par le Kid depuis quelque temps déjà.

Lien Rag essaya de dormir quelques heures. Toutefois avant l'aube, il se rendait aux bureaux des messageries et de la communication. On avait eu quelques nouvelles qui ne parlaient pas de la prise du train présidentiel mais qui affirmaient que l'ancien gouverneur de Patagonie avait été capturé et serait jugé pour prévarication. Les combats continuaient dans la station de Magellan entre pillards et Harponneurs cette fois. Les Harponneurs avaient débarqué en grand nombre de deux bateaux. L'un était l'*Espoir*, l'autre l'*Elovia* du Consortium des Bonzes.

— Depuis longtemps ils ont un accord secret avec le Caudillo Herandez de la Guilde, reconnut Lien Rag, et je crains le pire. Je ne savais pas que l'*Elovia* se trouvait à nouveau dans la région. Je pensais qu'il ferait escale ici pour charger de l'huile. Je suis assez surpris de son autonomie. Normalement il aurait dû refaire ses pleins.

— Croyez-vous qu'il ait une escale secrète où il peut remplir ses soutes ? l'interrogea Benfield. Dans ce cas pourquoi pas la mystérieuse île de Pâques dont vous me parliez tout à l'heure. On ignore tout d'elle car longtemps la banquise l'a recouverte, désormais elle doit être libre de glaces. Sur la route de Magellan Station elle est très bien située, mais en admettant qu'il existe là-bas des stocks d'huile, quelle en serait l'origine ? Phoque ? Baleine ?

Approximativement Lien Rag avait reporté sur une carte actuelle la position de l'île de Pâques.

— Le tropique du Capricorne est à 23 degrés 27 minutes sud... Je pense que l'île se trouve dans les trentièmes, peut-être entre vingt-six degrés et trente. Jamais personne n'est allé là-bas depuis le dégel. L'*Iceberg-Ship 2*, que je commandais il y a un peu plus de neuf mois, a longé la frange banquisienne du Chili pour éviter de s'égarer dans des eaux plus chaudes. Nous l'avons laissé à deux mille kilomètres à l'ouest.

— Vous devriez faire une reconnaissance jusque là-bas.

— Mon autonomie ne me le permet pas. A moins d'embarquer des réservoirs supplémentaires, mais l'équipement demandera quelques jours. Non, ce n'est pas le plus urgent. Ce qui m'inquiète le plus c'est la situation dans laquelle se trouve Yeuse. Cependant pour l'atteindre je dois également attendre que mon hydravion soit muni de réservoir supplémentaire.

Il donna l'ordre de commencer tout de suite l'installation. Il ne pouvait rien faire d'autre. Benfield semblait ne pas lui accorder toute sa confiance et le surveillait de très près. Dans la matinée les nouvelles précisèrent la prise du quartier résidentiel, mais sans donner de nouvelles de Yeuse et de son gouvernement. Le capitaine de la Manu estimait qu'il fallait essayer de porter secours à la présidente. Qu'on pouvait débarquer un commando pour la délivrer au besoin, Lien Rag n'était pas de cet avis. Ils ne pourraient jamais emporter que trente à quarante hommes avec leur équipement, alors que la milice de la Guilde débarquait des centaines, voire des milliers d'hommes supérieurement équipés. Avec les cargos en leur possession, les Harponneurs pouvaient transporter du matériel lourd, non seulement des draisines mais des avisos et des destroyers.

— Nous emporterons quarante hommes et nous devrons en utiliser la moitié pour défendre l'hydravion, une fois celui-ci au sol.

— Vous pouvez bombarder les positions ennemies, faire sauter un des cargos qui pourrait se trouver dans le port ?

— Tout est possible en effet, mais je serai à bout de réserves d'huile. Ne l'oubliez pas. Garantissez-moi un ravitaillement constant et je veux bien me lancer dans l'aventure.

Benfield devait avoir l'impression que Lien Rag n'était pas très pressé de voler au secours de son amie, alors que le glaciologue voulait garder la tête froide. Il était intimement certain que Yeuse saurait se débrouiller par ses propres moyens. On ne parlait jamais du train présidentiel dans les nouvelles fragmentaires et il estimait que c'était une bonne chose.

La construction du troisième *iceberg-ship* progressait à pas de géant car on avait désormais acquis la technique des capillaires. La quille, ou partie immergée, n'atteignait plus les dimensions excessives des premiers. On comptait sur l'huile pour lester le tout, et au retour on remplissait les soutes d'eau salée. On profilait davantage la carène et les superstructures étaient moins élevées. Le poids total en charge serait de près de six cent mille tonnes pour cinq cent mille de charge utile. Le monstre pouvait être vidé en un temps record de trois jours, grâce aux pompes puissantes dont il serait équipé, et on ne perdrait plus de temps à le remplir d'eau de mer après l'avoir vidé. Les deux opérations pouvaient s'effectuer dans le même temps grâce à un système astucieux inventé par un des ingénieurs du bureau de l'île. La vitesse du mastodonte ne serait pas plus élevée que celle des deux autres, mais la fiabilité des moteurs serait doublée. Les ateliers de Titan sortaient des diesels en céramique de plus en plus étudiés pour économiser le fuphoc et donner plus de puissance, sans augmentation de poids. Ce travail sur la céramique ouvrait de grandes espérances pour une nouvelle industrie, et Titan étudiait même la possibilité de turboréacteurs à partir de données anciennes.

– Nouveau message... Il semblerait, mais l'agence de presse qui fonctionne encore là-bas n'en est pas certaine, il semblerait que le train présidentiel ne se trouvait plus sur les quais résidentiels lorsque les assaillants s'en sont emparés. Le Caudillo de la Guilde, qui est arrivé à bord de la *Chimère*, n'aurait pas caché sa fureur. On dit que les représailles sont féroces dans toute la station où l'électricité a été coupée, ainsi que la fourniture d'eau. On ne trouve plus rien à manger et les miliciens harponneurs occupent toute la ville. Les gens ne sont pas autorisés à quitter leur compartiment.

– Yeuse aurait donc réussi à fuir... Peut-être en direction de la cordillère des Andes où elle a des amis. Il existe, dans ces montagnes, de petites voies ferrées depuis longtemps oubliées, même des *Instructions Ferroviaires*, et qu'elle connaît très bien, m'a-t-elle raconté. C'était Lady Diana qui avait choisi de ne plus mentionner l'existence de ces voies ferrées de montagne. Tout cela parce que cette femme, qui passait pour un tyran cruel, portait dans son cœur une réelle affection pour un personnage surnommé El Condor, qui justement régnait sur cette partie de la cordillère.

Le capitaine Benfield avait choisi une cinquantaine d'hommes qu'il soumettait à un entraînement sévère. Lien Rag les vit évoluer non loin des chantiers navals, reconstituer des actions de commandos comme s'ils allaient débarquer à Magellan Station dans les vingt-quatre heures. Dès lors il se méfia, craignant un coup de force, et décida de ne plus dormir à terre mais dans sa cabine de l'*Iceberg-Ship 2*. Il doubla les quarts de veille et donna des consignes strictes. Il n'avait pas envie d'être contraint, par Benfield, de piloter l'hydravion en direction du sud-est.

Au petit matin le radio de quart vint frapper à sa cabine, porteur d'un message.

— J'ai capté ça en pleine nuit. C'était très faible, preuve que cela venait de très loin, mais l'origine n'est pas située à l'est mais à l'ouest. Je suppose qu'il s'agit d'un dirigeable qui volerait vers ici mais qui se trouvait alors à deux mille kilomètres.

C'était bien un message de Liensun qui annonçait son arrivée. Des informations en provenance de l'Antarctique l'avaient alerté et il pensait qu'une tragédie se déroulait à la même heure en Patagonie. C'était Jdrien qui avait donné l'alerte, car depuis quelques jours il se trouvait dans une zone appelée terre de Graham, avec des tribus de Roux primitifs, et il avait aperçu deux cargos qui ne cessaient d'aller et venir entre un point situé sur la côte antarctique et le nord. Il pensait que la Guilde effectuait un débarquement massif du côté de Magellan Station, et il avait décidé d'accourir à la rescousse avec l'*Indépendance*, plus le nouveau dirigeable qui venait d'être enfin livré : l'*Omnium du Pacifique*. Le Kid avait prêté ses commandos spéciaux ainsi qu'un puissant armement fabriqué sur Titan, notamment des lance-missiles de grande portée.

Benfield prévenu ne cachait pas sa jubilation :

— Cette fois nous pourrons effectuer une action décisive.

— Ne comptez pas reconquérir le territoire de Patagonie, lui dit Lien Rag. Mais avec ces deux dirigeables et mon hydravion, nous pouvons espérer sortir la présidente de ce guêpier.

Un autre télégramme plus précis de Liensun expliquait que la Guilde avait dû débarquer entre vingt et trente mille hommes en Patagonie, et un armement très puissant. Que la *Chimère* participait également à ce pont maritime, ainsi qu'une barge en glace transportant certainement de l'huile de baleine.

D'autres nouvelles de Magellan Station affirmèrent cette fois que le train présidentiel avait fui en direction de la cordillère des Andes, mais que le quartier général de la Guilde laissait entendre qu'un destroyer rapide lancé à sa poursuite le rattraperait en quelques heures.

— Un destroyer rapide, fit Lien Rag, inquiet. Yeuse

ne se doute peut-être pas que la Guilde a débarqué ce type d'engin, et doit penser qu'avec les vieilles machines que l'on trouvait dans Magellan Station elle ne risque pas d'être rejointe.

Benfield préparait ses hommes, son matériel, Lien Rag demandait que l'on réserve l'huile la plus fine pour les dirigeables et son hydravion. Les deux aérostats pourraient emporter dans leurs soutes tout le ravitaillement nécessaire en carburant, et désormais il n'avait plus la moindre réticence à prendre l'air pour Magellan Station.

Ce fut l'*Indépendance* qui se signala le premier à moins de quatre cents kilomètres de l'île aux Phoques. L'*Omnium du Pacifique* suivait à moins d'une demi-journée.

Et juste comme le dirigeable plafonnait au-dessus de l'île, un message de Yeuse arriva. Elle se trouvait encerclée dans une petite station de l'ouest, au pied de la cordillère, une station qui s'appelait Isabel, sur la ligne 1917.

CHAPITRE IV

La nuit, Gus se réveillait en sursaut comme si une voix l'interpellait rudement pour lui reprocher son manque de courage. Il se dressait sur sa couchette, écoutait tous les bruits suspects du satellite et en général ne parvenait à se rendormir qu'au bout de quelques heures. Il lui arrivait de se lever, d'errer dans les coursives, d'aller écouter à la porte de la cabine du docteur Isaie. Il se faisait l'effet d'être un voyeur vicieux puisque la nouvelle recrue du petit docteur, Grathe, partageait la couche de ce dernier. Cette silhouette androgyne n'inspirait guère Gus mais il enviait son compagnon d'avoir quelqu'un auprès de lui. Il lui semblait que ses cauchemars se seraient vite estompés si lui aussi avait eu un corps endormi à côté du sien. Il aurait préféré Thresa, la plantureuse et voluptueuse Thresa, qui avait fini par s'enfuir pour rejoindre la secte de l'Eglise de la Rénovation apostolique d'Ophiuchus, et surtout le père Faro, le libidineux qui l'avait à nouveau soumise à son aura maléfique.

S'il errait dans les coursives, Gus se refusait à retourner seul dans la salle des contrôles, car l'écran du Bulb s'éclairerait, et l'animal de l'espace lui demanderait pourquoi il n'utilisait pas les codes secrets mis à sa disposition pour découvrir enfin les mystères cachés de l'histoire glaciaire de la Terre. Que répondre ? Qu'il avait peur, atrocement peur de découvrir ses véritables origines. Le Bulb l'avait lui-même mis en garde sur les archives secrètes verrouillées par des interdits dont il lui avait fourni les clés. Et depuis Gus était comme paralysé, incapable de plonger dans ces histoires d'autrefois. Isaie le taraudait, trouvait son comportement absurde mais passait surtout son temps avec Grathe. Curieusement, alors que pour Thresa il avait mis une certaine complaisance, voire une grande perversité à l'entraîner dans une débauche commune, il gardait l'exclusivité de Grathe, paraissait même jaloux et Gus pensait que le petit docteur éprouvait pour sa conquête une passion exaltée dont il ne comprenait d'ailleurs pas très bien le pourquoi et le comment. Certes une fois lavé et quelque peu nourri, le nouvel objet de la flamme amoureuse du petit homme avait une certaine joliesse, mais Gus ne se sentait pas vraiment attiré par ses charmes. Ce corps trop maigre, l'absence de poitrine, le visage un peu ingrat n'avaient rien pour séduire. Les yeux étaient beaux, parfois tendres mais souvent traversés de lueurs bizarres. De plus, Grathe se déhanchait un peu trop en marchant, roulant de ses hanches étroites qui faisaient tomber Isaie en extase. Parfois les deux disparaissaient en pleine journée dans la cabine du docteur, et Gus avait surpris des gémissements révélateurs en passant devant la porte.

Lorsqu'il se rendait dans la salle des contrôles, c'était pour poursuivre d'autres recherches. Il ne désespérait pas retrouver un jour la Terre, et maintenant qu'il savait que le Bulb allait rejoindre ses anciens territoires de chasse pour finir sa vie comme il l'avait commencée, il redoublait de travail. Les Bulbs qui étaient venus chercher leur vieux compagnon se préparaient au voyage de retour. Le Bulb, leur satellite, commençait d'avoir quelques forces supplémentaires pour entreprendre ce dernier parcours qui le verrait se précipiter pour finir dans un de ces trous noirs où il se disperserait en lumière et en chaleur. Gus savait que viendrait le moment très court où leur Bulb devrait abandonner son orbite géostationnaire pour se laisser entraîner, poussé par ses compagnons, et il comptait profiter de cette rupture de gravitation pour faire tomber le Bulb vers la Terre. Mais pour éviter qu'il ne brûle et eux avec dans les couches de l'atmosphère, il essayait d'établir une parabole de pénétration dans l'hétérosphère pour commencer, puis l'homosphère, mais les calculs nécessaires dépassaient souvent ses compétences. Il avait retrouvé quelques détails sur les navettes qui reliaient le Bulb à Concrete Station, mais ces engins-là avaient une résistance plus grande à la chaleur que le Bulb, déjà bien amoindri par la maladie. Les maladies plutôt, car sa carapace extérieure souffrait d'une sorte de pelade provoquée par des parasites énormes qui avaient une forme ovoïde. Sa peau pourtant épaisse de plusieurs mètres se détachait de son corps et formait de gigantesques serpentins dans le vide sidéral. En même temps sa structure interne, son squelette en quelque sorte, était minée par une sorte de cancer. Isaie et lui-même avaient su ralentir les effets des sarcomes, calmer les douleurs terribles qui faisaient souffrir ce satellite vivant, mais la fin était proche et Gus n'aurait eu aucun remords à précipiter le S.A.S. vers la Terre puisqu'en définitive il devait mourir.

— Comment se fait-il que la destinée des Ragus vous laisse indifférent ? demanda soudain le Bulb sur son écran réservé. Vous me voyez à la fois perplexe et quelque peu vexé que vous n'utilisiez pas les codes que je vous ai fournis pour accéder aux grands secrets des Ophiuchusiens.

Gus resta silencieux. Il aurait pu pianoter une réponse sur le clavier affecté aux relations avec le Bulb, mais il ne savait que dire.

— Mes appareils de détection sont unanimes pour m'informer de votre peur, pire de votre terreur à la pensée de découvrir la vérité.

Gus hocha la tête mais ne répondit pas pour autant.

— Cela fait tout de même plusieurs semaines que je vous ai confié les clés des interdits et vous n'avez même pas vérifié si ces codes fonctionnaient vraiment.

Gus finit par effleurer les touches :

— Ce n'est pas de l'indifférence et je vous suis infiniment reconnaissant de votre legs. C'est vrai que j'ai peur. Nous autres, les Ragus, nous sommes toujours considérés comme le peuple élu pour répandre sur Terre des règles morales exemplaires. Notre mission n'a pas été une réussite, loin de là, et nous n'avons pas pu empêcher les Aiguilleurs de s'emparer du pouvoir. Ils ont dirigé la société ferroviaire de façon occulte et nous ont pourchassés. Nous sommes devenus la famille maudite par excellence, nous avons dû nous cacher, changer de nom, nous fondre dans la masse des anonymes, et encore ce n'était pas suffisant. De temps en temps une individualité fulgurait, comme cette femme, notre aïeule, qui écrivit un livre sur la langue française, mais ce n'était qu'un prétexte pour nous communiquer certaines informations, nous révéler par exemple que certains membres des Ragus pouvaient posséder des facultés extrasensorielles, entre autres la télépathie, la télékinésie... Certains sont capables d'intervenir sur le système nerveux humain et de paralyser un individu, de provoquer un arrêt cardiaque, une syncope ou un transport au cerveau. Ils peuvent aussi calmer la douleur par la suractivation de la production d'hormomorphine.

— C'est exact, dit le Bulb. Evidemment, je ne me suis pas penché constamment sur le cas des Ragus. J'avais assez à faire pour satisfaire aux exigences de ceux qui continuaient d'habiter à l'intérieur de mon corps et qui voulaient toujours plus de confort, de bien-être et de pouvoir. Mais les Ragus restent tout de même dans mon souvenir, et quand ils ont décidé d'émigrer sur Terre, je crois que j'ai éprouvé comme du regret sinon de la douleur. C'est assez vieux tout cela, même si je vis très longtemps en fonction de votre façon de compter le temps. De plus, la maladie affecte mon cerveau naturel, et le cerveau électronique que l'on m'a greffé a aussi quelques défaillances. Ses éléments vieillissent et ne sont pas toujours remplacés. En principe il doit se régénérer lui-même, toutefois quelques fonctions ont été vite neutralisées par des incidents divers, quand ce n'étaient pas des sabotages. Il s'est déroulé dans mon corps des luttes intestines épouvantables, de véritables guerres civiles. N'oubliez pas que la population ophiuchusienne a vécu des siècles dans mon organisme et qu'elle s'est développée, s'est multipliée au moins par cent, peut-être plus. J'en ai vite perdu le compte. Des groupes, des tribus, on peut les appeler ainsi, ont rompu avec le pouvoir central, avec un mode de vie trop structuré, se sont réfugiés dans les endroits les plus éloignés, les bas-fonds, les confins, enfin on leur donnait des noms très malsonnants, alors qu'après tout on pouvait aussi bien y vivre que dans les parties nobles de ma personne. Ces tribus ont trouvé des terrains de chasse et de culture. Toute une flore se développait en moi depuis ma naissance, avec quelques animaux qui pouvaient être consommés. Mais le pouvoir central ne supportait pas ces dissidents et leur envoyait des commandos destructeurs. Mon corps souffrait de ces luttes et parfois les dégâts étaient si considérables que le pouvoir central devait en toute hâte effectuer des opérations, des réparations si j'ose dire. C'était assez infernal et je me lamentais, je regrettais mes anciennes prairies... J'utilise ce mot qui ne correspondait à aucune réalité spatiale car pour moi il évoque une sorte de paradis. Bien entendu il n'y a là-bas ni petites fleurs, ni herbe tendre, ni papillons, ni grillons lancinants, tout juste des saus qui se promènent pour brouter les pearls et que nous attaquons.

Il se tut et Gus n'osa le relancer sur le sujet. Le Bulb devait être reparti pour une de ces longues rêveries, Isaie disait rêvasserie avec un certain mépris, qui le rendaient mélancolique, et il ne jugeait pas utile de le rappeler à l'ordre. De lui-même, le Bulb imprima à nouveau ses réflexions sur son écran. Gus se dit qu'il aurait dû lancer une imprimante mais n'eut pas un geste pour le faire.

— Dans le fond, ces Ophiuchusiens étaient des colons terriens qui avaient essayé de s'installer sur une planète du système d'Ophiuchus, la quatrième. En moins de cent ou deux cents ans, je ne me souviens pas très bien, ils se rendirent compte qu'ils mutaient de façon horrible à leurs yeux et c'est alors qu'ils ont décidé de fuir. Ils ne pouvaient retourner sur une Terre devenue une boule de glace, cependant ils cherchaient à s'en rapprocher. C'est ainsi qu'ils se souvinrent des grands animaux de l'espace qui menaient une vie tranquille à des millions d'années-lumière d'ici. Ils en ont capturé plusieurs pour en faire des hybrides avant que l'expérience ne réussisse. Ce fut moi qui leur donnai toute satisfaction et qu'ils entraînèrent jusqu'à cette orbite géostationnaire. J'essayai de m'accommoder de cette vie nouvelle. Tant que ces gens-là purent aller chasser pour moi des saus et cueillir des pearls, je ne fus pas trop malheureux, mais bientôt ils estimèrent que cela coûtait trop cher en dépenses énergétiques, en matériel et en hommes. Ils accumulèrent dans les cryo-magasins que vous connaissez des quantités énormes de carcasses de saus et des silos de pearls, et dès lors imaginèrent de modifier mon système digestif. Je n'eus même plus le plaisir gustatif de manger puisque mon alimentation s'effectua au moyen de micro-ondes, qui attaquaient la viande surgelée pour l'envoyer dans mon organisme. Ces gens-là étaient fous, complètement fous de technique et ne la maîtrisaient plus au nom d'une certaine éthique.

— Ce fut l'époque de l'Abominable Postulat? demanda Gus.

— Effectivement. Dès qu'ils songèrent à coloniser à nouveau leur planète d'origine, la Terre, ils durent étudier plusieurs hypothèses. Longtemps ils essayèrent de la débarrasser de ses glaces, mais se rendirent compte qu'ils allaient bouleverser une nouvelle vie qui commençait à se manifester ; une vie larvaire de quelques rescapés qui tentaient de s'organiser en société. La majorité s'en moquait, toutefois il y eut des gens pour s'opposer à un nouveau génocide. Réchauffer brutalement la planète aurait été techniquement possible, mais aurait entraîné des dépenses d'énergie et trop de temps. La majorité l'emporta enfin, songea à l'Abominable Postulat qui allait pour toujours régler le sort de la planète. Il fut décidé que toute tentative de réchauffement naturel ou artificiel serait combattue avec la plus grande persévérance et sans la moindre pitié. On allait créer une nouvelle race humaine capable de survivre dans les grands froids, et ce projet fabuleux impliquait la stabilité du biotope terrestre pour les millénaires à venir.

— Mais qui veillerait à l'application de ce Postulat?

— Ceux qui resteraient à bord de ce satellite. Ils surveilleraient les poussières lunaires, les empêchant de se disperser ou de floculer, mais en même temps ils observeraient la Terre. Enverraient de petits satellites qui furèteraient dans tous les coins à la recherche du moindre indice de réchauffement.

— Mais sur Terre ?

— Sur Terre ce rôle était dévolu à un groupe qui fut recruté parmi les gens les plus sûrs, les plus intransigeants.

— Les Aiguilleurs ?

Le Bulb parut s'impatienter et manifesta sur l'écran en quel mépris il tenait ces gens-là.

— Ne mélangez donc pas tout. Les Aiguilleurs n'étaient que des techniciens que les Ophiuchusiens ont formés ici. Oui, à bord de moi-même.

— Je sais, j'ai retrouvé une sorte de centre de formation et d'entraînement aux techniques ferroviaires dans leurs moindres détails.

— Je sais, je sais, des techniciens purs et simples. Qui une fois sur Terre ont commencé de faire leur travail avec efficacité mais sans état d'âme. Il faut dire que la civilisation ferroviaire avançait à pas de géant. La mise en place du Postulat et l'envoi d'équipes spéciales pour le faire appliquer, sans parler de la mise au point du nouveau modèle humain capable d'affronter le froid, tout cela a demandé des décennies, presqu'un siècle. Et en bas, les larves humaines couvertes d'engelures et affamées n'ont pas attendu un siècle qu'on vienne à leurs secours. Elles ont travaillé dur, en ont bavé comme vous dites, mais petit à petit les réseaux ont commencé d'apparaître. Les gens qui se terraient sous la glace, dans des mines, dans des cavités naturelles ont osé remonter à la surface ou d'autres survivaient avec de vieilles machines à vapeur alimentées tant bien que mal. Les échanges commencés avec réticence et de grandes épouvantes, car il y avait des groupes agressifs qui attaquaient les autres pour les dépouiller, voire les manger, s'emparaient de leurs réserves, de leur technique, de leurs femmes, réduisaient les hommes en esclavage. Ce fut affreux pendant des siècles, durant la Grande Panique.

— Mais on dit qu'elle fut assez brève... A peine cinquante ans ?

— Pas du tout. Elle s'étendit sur des siècles mais depuis quelque temps je ne sais plus compter dans vos unités temporelles. Cependant je suis certain que ce fut très long. Mais ici aussi ce fut long, et quand on envoya tout ce monde en bas pour coloniser la Terre, eh bien la Terre n'avait plus besoin d'eux, et ils ont dû faire face à une grande hostilité. Et les Roux, le Peuple du Froid, au lieu de pouvoir s'installer et évoluer comme il était prévu, devint le peuple exécré. Jamais on ne les considéra comme des hommes adaptés aux grands froids, mais comme des animaux supérieur qu'on pouvait même tuer sans encourir de sanctions. Des animaux libidineux et sans grande importance. Les Terriens se seraient bien passés de leur présence, mais très vite ils les utilisèrent comme esclaves pour gratter le givre sur les verrières et les dômes de leurs stations chaudes.

A ce moment-là la porte s'ouvrit et Grathe passa sa tête dans l'entrebâillement :

— Je vous dérange ?

CHAPITRE V

Lorsque le petit convoi, une machine vétuste, deux wagons de marchandises, un wagon de voyageurs dérailla comme prévu dans la petite gare d'Isabel Station, un sentiment de victoire les enflamma d'autant plus que très peu de survivants réussirent à sortir des véhicules accidenté et furent tout de suite capturés. Mais il n'y avait pas le moindre wagon-citerne ni containers remplis d'huile. Ils n'eurent même pas le temps d'afficher leur déception car quelqu'un hurla qu'un autre convoi arrivait. Yeuse qui se tenait sur le quai nord tourna la tête et aperçut le destroyer. Elle le reconnut immédiatement ayant suivi, à une époque, des cours d'identification des bâtiments de guerre étrangers à la Compagnie de la Banquise. C'était un destroyer ultra-rapide, puissamment armé et pouvant circuler grâce à ses boggies variables sur n'importe quelle voie, même les plus étroites. Sa voix s'étrangla dans sa gorge et elle réalisa que le piège qu'ils avaient tendu aux Harponneurs se retournait contre eux. La milice de la Guilde se faisait précéder, pour parer à toute éventualité, d'un vieux convoi occupé par des Patagoniens retenus en otages et c'étaient eux les victimes de ce traquenard.

De puissants projecteurs illuminèrent la scène et quelques rafales d'armes automatiques retentirent.

— Personne ne bouge ou nous tirons au canon-mitrailleuse. Que tout le monde s'aligne dans le fond contre les wagons administratifs, les mains sur la tête.

Yeuse réussit à faire quelques pas en arrière et se retrouva dans l'ombre portée d'un ancien réverbère qui la masqua entièrement. Tout en reculant, elle passa entre deux wagons, se glissa sous les tampons. Une fois sur le quai voisin, elle se mit à courir en direction du sas nord. Certes ils venaient de tomber dans un piège, mais le déraillement du vieux convoi allait bloquer les rails durant pas mal de temps. Il n'y avait, dans cette petite station, aucun appareil de levage sérieux, même pas un pont mobile comme dans la plupart. Il faudrait faire venir une grue importante d'une station voisine. Elle était décidée à atteindre le sas nord avant que les miliciens n'y songent eux-mêmes. On la poursuivait et elle n'avait aucune arme sur elle. Tout en courant, elle essaya de trouver une barre de fer, n'importe quoi pour se défendre, lorsqu'elle s'entendit appeler. C'était Reiner qui lui aussi avait réussi à s'échapper.

— Vite au sas, dit-il. Ils ne vont pas tarder à aller le bloquer et nous ne pourrons jamais nous cacher dans une aussi petite station.

L'un et l'autre portaient une combinaison isotherme et pourraient affronter le froid extérieur qui, à l'approche des montagnes, devenait féroce. Alors qu'à Magellan on voyait souvent des températures proches du zéro, ici il fallait compter avec des moins vingt et plus souvent moins trente. D'ailleurs la glace restait intacte et les voies ferrées n'avaient subi aucune déformation.

— Ils nous faudra une journée pour rejoindre le train présidentiel, haletait Reiner, et je crains qu'ils ne décident de filer quand ils se rendront compte que nous avons échoué.

Le train, éloigné d'une dizaine de kilomètres, attendait un ordre radio pour reculer jusqu'à Isabel Station. Le poste émetteur, porté par un des gars de la Manu, devait être entre les mains des Harponneurs qui pouvaient s'en servir pour faire revenir le convoi officiel.

— Une demi-journée, dit Yeuse. Je sais qu'avec ces combinaisons on ne peut aller trop vite mais gardons tout de même l'espoir. Je suis malade de penser que Gandevez et une partie de ma garde se trouvent désormais prisonniers de ces bandits. Nous aurions dû penser qu'ils débarqueraient du matériel lourd à l'aide des deux cargos et de la *Chimère*. Par le passage de Drake et la terre de Graham ils ont choisi le passage le plus court. Ils ont dû construire une ligne de chemin de fer jusqu'à la pointe de cette terre avancée de Graham. Deux mille kilomètres ensuite jusqu'à Magellan Station. Trois jours de traversée pour un cargo comme l'*Elovia*. Les navettes doivent se succéder à un rythme soutenu. Bientôt ils seront des dizaines de milliers sur notre sol.

Ils se retournèrent quand ils furent à un kilomètre de la station. Celle-ci brillait comme pour une fête mais une fumée noire montait au-dessus de la verrière en partie détruite. La machine à vapeur renversée produisait de la vapeur et cette traînée noirâtre de charbon.

— Ils peuvent retourner en arrière jusqu'à ce qu'ils trouvent un aiguillage, manœuvrer pour emprunter la voie descendante. Nous risquons de les avoir sur le dos d'ici peu.

Au bout d'un kilomètres ils étaient déjà à bout de souffle et surtout inondés de sueur. Les Symmons étaient de bonnes combinaisons mais depuis quelque temps les leurs n'avaient pas été révisées, et les soupapes d'évacuation de la vapeur des corps fonctionnaient très mal. Yeuse par exemple avait l'impression que ses pieds baignaient dans dix centimètres d'un liquide corrosif qui attaquait ses chairs. La civilisation ferroviaire avait fait d'eux des humains peu habitués à l'effort physique, en tout cas pas à la marche sur la banquise, et ils peinaient de plus en plus.

— Ils faudrait que les mécaniciens aient la bonne idée de reculer à notre rencontre, dit-elle.

— Nous leurs avons prescrit de ne pas bouger tant qu'ils ne recevraient aucun message radio avec l'indicatif de reconnaissance, et je les connais, ils ne bougeront pas.

Leur rythme n'était plus aussi vif et ils se retournaient trop fréquemment dans la crainte d'apercevoir la masse sombre du destroyer. Reiner alla jusqu'à coller son écouteur de cagoule contre un rail, craignant d'entendre un roulement, mais ne put affirmer si oui ou non un bâtiment venait vers eux.

— Nous pourrions nous écarter, perdre certes du temps, mais si jamais ils nous poursuivent, nous échapperions à leurs recherches.

— Pas question, dit Yeuse. Cette perte de temps serait désastreuse. Nous devons rejoindre le train au plus vite et ordonner qu'il file au maximum de sa vitesse vers les Andes. Le destroyer en question a une vitesse redoutable. Cependant une fois dans les premiers contreforts, il sera bien obligé de ralentir. Son poids sera un handicap certain pour les installations métalliques en piteux état. Au besoin on pourra faire sauter un viaduc derrière nous ou quelques arches de ces spirales qui partent à l'assaut des Andes.

Elle se rendit compte qu'elle tenait mieux le coup que son adjoint à la synthèse scientifique qui ne pouvait plus suivre son allure. Il traînait en arrière et elle devait l'attendre.

— Faites un effort. Nous n'avons pas franchi le quart de la distance.

— Laissez-moi. Ne vous embarrassez pas de moi. Je me débrouillerai bien tout seul... C'est vous qu'ils recherchent, vous qui devez leur échapper pour rejoindre la côte ouest ou mieux encore l'île aux Phoques et la Province du Mexique. Depuis là-bas vous pourrez rééquiper une armée, repartir à la conquête de la Patagonie. Vos amis vous fourniront ces merveilleux hydravions et ces dirigeables redoutables pour la reconquête.

Ils ignorait qu'elle avait l'intention de démissionner, d'abandonner le pouvoir pour rejoindre ses amis dans ce nouveau pays qu'ils construisaient là-bas à Lacustra City... Elle avait besoin de vivre avec Ann Suba, Farnelle, le Kid, Jdrien et aussi Liensun. Depuis sa dernière rencontre avec ce dernier, l'irritation qu'elle éprouvait pour son insolence, pour ses manières brutales s'était quelque peu atténuée. Elle reconnaissait qu'il était flatteur pour elle qu'un garçon beaucoup plus jeune lui déclare tout net qu'il avait envie de coucher avec elle. Il n'aurait jamais dû se livrer à une sorte de chantage, proposant du fuphoc contre une nuit d'amour. Elle aurait été plus touchée s'il n'y avait eu cette volonté d'échanger ses faveurs contre autre chose. Lorsqu'elle avait hérité de la Panaméricaine à la suite de la mort de Lady Diana, un homme, un certain Jeb Interson, l'avait puissamment aidée. C'était un riche actionnaire, un avocat renommé et le roi des protéines animales. Il avait forcé les ennemis de Yeuse à céder en refusant de livrer ces fameuses protéines. Il l'avait donc soutenue. Puis il était venu réclamer son dû dans le bureau présidentiel, juste une satisfaction égoïste, sans prendre même la peine de la tenir dans ses bras, de lui faire l'amour, la forçant à s'incliner comme une prostituée, et jamais elle ne l'avait oublié, n'avait réussi à se venger de cette humiliation. Pourtant Jeb Interson, malgré ce mépris affiché, avait été un compagnon de route intéressant jusqu'à ce que les Aiguilleurs le fassent mourir de la plus atroce façon. On appelait cette méthode, « la mort de l'Aiguilleur ». On coinçait le pied de la victime dans un aiguillage alors qu'un train arrivait lentement sur lui, assez lentement pour lui faire goûter jusqu'à la dernière minute l'horreur de son agonie.

— Je vous en prie, Lady Yeuse, abandonnez-moi sans remords... Je vous assure que je ne vous en voudrai pas, bien au contraire. J'ai toujours rêvé de me sacrifier un jour pour vous.

Elle s'immobilisa, resta quelques secondes interdite avant de se retourner vers la petite silhouette qui se traînait lamentablement entre les vieilles traverses de bois pourri.

— Que voulez-vous dire, Reiner?

— Je vous aime, Lady Yeuse... Depuis toujours... Je savais fort bien que je n'avais aucune chance, mais de vivre auprès de vous, de pouvoir rester dans votre bureau quelques instants me suffisait. Et même quand la situation était tragique et que je pouvais pénétrer dans votre compartiment à coucher, pour vous réveiller et vous avertir, je tremblais de joie. Dans votre intimité, votre parfum, votre souffle régulier de femme endormie, votre étonnement de me voir là au réveil me ravissaient.

Vous ne pouvez savoir combien j'ai été heureux de toutes ces années où j'ai été présent à vos côtés... Et ce sera pour moi bien peu de chose que de rester seul, d'essayer de favoriser votre fuite. Si seulement nous pouvions trouver quelque chose d'assez lourd à jeter sur les voies, de la ferraille... Je vous en supplie, laissez-moi, je suis un poids mort... Je ne suis pas un homme très robuste... J'ai toujours été une demi-portion mais je crois que je saurai mourir si c'est pour vous.

Plus émue qu'elle ne voulait le montrer, Yeuse retourna sur ses pas. Il avait hurlé les derniers mots à cause de la distance et du léger pampero qui commençait de souffler.

— Ecoutez-moi, mon vieux. Assez de romantisme pleurnichard en pleine pampa alors que nous allons être rejoints. On va réussir à leur échapper mais ensemble, vous comprenez ça ?

Elle le saisit par le bras et le força à marcher vite. Il suffoquait, balbutiait des excuses, voulait mourir car il aurait désormais trop honte de reparaître devant elle après tout ce qu'il venait de lui avouer.

— Mais non, vous n'aurez pas honte, et je suis très heureuse d'avoir entendu votre déclaration d'amour. A une époque où les hommes se servent d'abord avant de vous dire un mot gentil, votre anachronisme est très émouvant. Si, si, je vous assure, mais il faut aller plus vite.

Reiner essayait, serrait les dents et il parvint à franchir un petit kilomètre sans trop peiner. Mais ensuite il faillit s'écouler et elle dut le retenir à pleins bras. Il laissa tomber sa tête sur son épaule, ne bougea plus.

— Pas d'histoires. Je vais êtres obligée de vous porter. Vous savez comment ? En passant un bras entre vos jambes pour vous hisser sur mon épaule. Croyez-vous que ce serait convenable pour une présidente de la Panaméricaine ?

Elle réussit à le faire sourire. Il continua mais elle qui regardait au loin s'immobilisa soudain.

— Attention, je vois quelque chose au bord du réseau. On dirait même une silhouette humaine.

Ils regardèrent ensemble puis reprirent prudemment leur avancée. Il y eut un drôle de gémissement et soudain quelque chose traversa les rails de droite à gauche et se mit à galoper.

— Un guanaco certainement. Que faisait-il là ?

Ils apercevaient un wagon, un wagon sur une voie de garage.

— Attention, il est certainement habité.

Mais le wagon était assez délabré et avait été abandonné là depuis longtemps. C'était un wagon qui autrefois devait transporter du sel. Il y en avait sur le plancher et le guanaco devait venir régulièrement le lécher. Dans la lueur de la lampe portative de Reiner ils pouvaient voir les traces que sa langue avaient laissées.

— Si on pouvait le faire tomber sur la voie à côté, dit Yeuse. Mais il faudrait être dix fois plus nombreux. Mieux vaut ne pas s'attarder et filer.

— Un instant, dit Reiner.

Il monta dans la petite guérite du serre-frein et dans la vague lueur de sa lampe, Yeuse le vit qui s'arc-boutait sur un petit volant et qui se plaignait de ne pas y arriver.

— Allez, venez. Nous perdons du temps.

— Lady Yeuse, depuis Isabel la voie monte légèrement mais de façon continue, et cette voie de garage est en pente vers le sud. Si nous desserrons ce volant de frein, le vieux wagon ira dérailler à l'aiguillage de la voie de garage. Il peut retarder le destroyer durant quelques instants.

— Ces bâtiments possèdent des herses pour écarter les obstacles. Mais enfin on peut toujours essayer.

A deux ils s'escrimèrent durant des minutes, allaient abandonner lorsque Reiner découvrit qu'une goupille bloquait le volant. Ils réussirent à la faire sauter. Le wagon resta immobile et ils allèrent faire sauter les sabots de glace qui bloquaient les roues à boudins, poussèrent à l'arrière. Il désespéraient d'y parvenir lorsque, lentement, la vieille voiture commença de rouler, gagna de la vitesse. L'aiguillage se trouvait à quatre cents mètres plus bas et le wagon l'atteignit à plus de cinquante kilomètres à l'heure, dérailla. Un instant il parut vouloir se coucher sur la gauche mais bascula définitivement sur la droite.

— Avec un peu de chance il a également bousillé l'aiguillage, dit Reiner.

Il était temps. Les moteurs du destroyer de la Guilde grondaient dans le lointain, lancés à très vive allure. Ses appareils signaleraient l'obstacle sur la voie et l'obligeraient à ralentir. Ils n'étaient pas sauvés pour autant.

— Nous avons encore entre cinq et six kilomètres à franchir. Nous avons gagné une demi-heure. Jamais nous ne disposerons d'assez de temps.

— Sauf si l'aiguillage a été détérioré. Je sais qu'ils peuvent le remplacer en un temps record, mais cela nous laissera au moins une heure de plus.

Ragaillardi, il courait presque et, cette fois, c'était Yeuse qui avait du mal à le suivre.

CHAPITRE VI

Le deuxième dirigeable, l'*Omnium du Pacifique*, était commandé par Ann Suba qui n'avait voulu laisser à personne d'autre cette participation à une expédition pour sauver Yeuse. Elle se sentait solidaire de cette femme, espérait qu'ils parviendraient à la tirer de cette situation dangereuse. Le Kid avait bien fait les choses tant en armement de bord qu'en armement de sol. Ils pouvaient débarquer des glisseurs achetés au pays de Djoug, équipés de mitrailleuses à missiles autopropulsés. Il y avait aussi une nouveauté qui aurait fait hurler la CANYST, la Commission de contrôle des Accords de NYST, si elle avait encore existé. C'était une sorte de traîneau à turbine qui pouvait transporter un gros lance-missiles de quinze pouces, soit environ quarante centimètres de diamètres, un engin capable de pulvériser un énorme bâtiment de guerre. Depuis quelques années, depuis que la Guilde des Harponneurs avait manifesté ses humeurs guerrières, le Kid avait créé une usine d'armement dans Titan et produisait un matériel d'une haute technologie adapté désormais aux dirigeables et aux hydravions.

Dans l'île aux Phoques, la petite armada avait embarqué les commandos de la Manu commandés par Benfield. Lien Rag suivait avec d'autres miliciens dans son hydravion. Le ravitaillement en huile serait assuré par le dirigeable *Indépendance* qui emportait d'importantes réserves de fuphoc, mais il avait été décidé que l'*Iceberg-*

Ship 2 appareillerait pour le sud de la Patagonie et croiserait à hauteur du tropique du Capricorne, à moins de cent kilomètres de la côte.

Au-dessus de la cordillère des Andes, le temps était exécrable et ils durent survoler une épaisse couche de nuages qui les força à grimper très haut. Sans le contact radio, ils se seraient perdus de vue. Lorsque Lien Rag décida de revenir à des altitudes raisonnables et qu'il eut traversé plus d'un kilomètre de nuées, le spectacle qui s'offrit à ses yeux le bouleversa. Il n'y avait plus de Patagonie du Nord. Il n'y avait plus rien que de l'eau. Une eau bouillonnante qui parfois montait en mascarets énormes, menaçants, une eau creusée de tourbillons d'une profondeur incalculable. Une eau qui paraissait animée d'une férocité de destruction et qui n'épargnait rien. Une eau si furieuse qu'elle engloutissait tout, les épaves, les trains, les îlots de terre et ne laissait rien réapparaître à sa surface. De rares levées de terres, des montagnes échappaient à ce désastre, mais Lien Rag, qui se souvenait des cartes anciennes, pouvait dire par radio à ses compagnons qu'il ne restait plus rien d'anciens pays comme le Venezuela, le Brésil. Les fleuves avaient tout recouvert aussi bien l'Amazone, surtout elle, que les autres, l'Orénoque au nord, et lorsque l'hydravion descendit vers le sud, c'était le Rio de la Plata qui faisait des siennes.

Chaque éminence, chaque plateau tant soit peu surélevé portait des signes de vie humaine symbolisée par les fumées qui s'élevaient. Les gens faisaient du feu car c'était le seul vestige d'êtres civilisés qui restait à leur disposition. Ils n'appelaient pas au secours, ne faisaient pas des signaux de fumée mais simplement déclaraient qu'ils étaient encore vivants, qu'ils étaient des hommes et qu'ils allaient essayer de se comporter en hommes.

Lien Rag dut se poser sur un petit plateau quand il en trouva un d'assez isolé et désert pour ne courir aucun risque. Il avait besoin de se ravitailler pour poursuivre le raid. Cet endroit était une plate-forme aux pentes si escarpées que nul n'avait pu s'y réfugier. L'*Indépendance* vint plafonner au-dessus de son appareil et un tuyau se déroula. Il fit soigneusement ses pleins. Ann Suba et son *Omnium du Pacifique* volaient du côté de la cordillère, à deux cents kilomètres d'eux, mais les contacts radio restaient bons. On recevait également d'autres émissions, mais jusqu'ici aucune ne contenait de références aux événements de Magellan Station.

Le décollage fut assez délicat car, arrivé au bord du vide, l'appareil venait à peine de quitter le sol. Il bascula donc vers la plaine liquide, mais Lien Rag le redressa aussitôt. Le commando de la Manu embarqué avec lui en était resté muet de terreur et son mécanicien, un certain Conty, en avait avalé sa chique. Il ruminait à longueur de journée une herbe que l'on cultivait dans les alentours de China Voksal et qui, paraît-il, donnait de l'énergie.

– Il était temps, murmura-t-il. Il a de la ressource, cet appareil... Le prochain, le dirigeavion, sera meilleur au décollage. Il pourra même s'élever directement dans les airs.

Lien Rag s'écarta de l'*Indépendance* à son tour pour piquer vers Magellan Station afin d'effectuer une première reconnaissance. Il rejoindra plus tard les dirigeables ou, dans le cas où ce serait nécessaire, ceux-ci descendraient vers le sud.

Le radio de bord lui apportait de petits messages sans trop d'importance qui émanaient de groupes humains isolés par les eaux et qui essayaient de se rapprocher, d'unir leurs efforts, leurs productions. On commençait à parler de moyens pour aller sur l'eau mais personne ne prononçait encore le mot de bateau.

Puis enfin on eut un message d'un groupe clandestin qui s'intitulait les Patagoniens en Colère, et qui donnait des nouvelles sinistres de Magellan et de bien d'autres stations que les Harponneurs détruisaient systématiquement quand ils se heurtaient à une certaine résistance. Il fallut attendre encore un peu avant d'apprendre que la présidente Yeuse n'était pas tombée dans les mains de la Guilde, mais organisait la lutte contre l'envahisseur quelque part à l'ouest.

Avant la nuit, Lien Rag dut trouver un terrain d'atterrissage et un endroit tranquille, éloigné des réseaux ferrés qui restaient encore praticables. Dès que l'hydravion fut sur la glace, les commandos s'installèrent autour pour le surveiller et parer à toute mauvaise surprise.

En pleine nuit il y eut des coups de feu puis des cris suppliants, et les miliciens de la Manu traînèrent devant un des feux un groupe de trois femmes et d'un vieillard qui, ayant aperçu des lumières, avaient marché depuis des heures, espérant rencontrer des gens du pays connus. Ils étaient terrorisés par ces hommes puissamment armés, à l'air buté, mais surtout par l'appareil qu'ils découvraient sur un plateau où jamais on n'avait rien aperçu de tel. Ils avaient des nouvelles de Magellan, répétèrent à leur tour que des milliers de Harponneurs avaient débarqué dans le port, et qu'ils s'emparaient de toutes les stations, qu'on ne trouvait plus rien à manger ni aucun produit pour se chauffer. Oui, ils avaient entendu dire que Lady Diana se serait réfugiée dans la cordillère auprès d'un chef de bande qui s'appelait El Condor.

— Les bâtiments de la Guilde sont en route pour les Andes, affirma le vieillard. Mais le Condor ne les laissera jamais approcher. Il détruira les ponts de fer et toutes les installations qui encerclent les montagnes.

Lien Rag se souvenait bien d'El Condor qu'il avait rencontré autrefois dans ces mêmes régions, et qui n'était autre qu'un bandit de grand chemin conduit dans l'illégalité par la misère. Yeuse lui avait raconté comme Lady Diana à l'agonie, pour échapper aux Aiguilleurs, avait trouvé refuge auprès de lui. L'histoire se renouvelait donc régulièrement avec les mêmes acteurs ?

— Nous avons très faim, venait d'avouer une femme. En bas nous sommes quinze, la moitié sont des enfants et nous n'avons que de la viande fossile trouvée sous la glace. Elle nous empoisonne lentement le sang.

Lien Rag fit distribuer des rations, mais quand le groupe eut disparu, ordonna que les consignes de sécurité soient doublées. Ces quatre personnes à l'allure inoffensive avaient pu être envoyées en reconnaissance pour évaluer leur capacité guerrière.

— Nous décollerons avant l'aube, précisa-t-il avant de rejoindre sa couchette.

Vers le milieu de la journée suivante l'hydravion survolait Magellan Station et prenait des photographies du port et de la ville. Bientôt des mitrailleuses lourdes à missiles autopropulsés le prirent pour cible et il dut s'éloigner. Les premières photographies montraient que le quartier résidentiel avait été totalement détruit. Les wagons luxueux, les loco-cars privés n'étaient plus que des ruines éventrées. Des draisines blindées montaient la garde à la périphérie. Plus loin, du côté de la centrale électrique, stationnaient quatre bâtiments de guerre, des destroyers rapides et des avisos circulaient sur la grande ceinture qui enfermait la station derrière un réseau de huit voies.

— Le train présidentiel n'est pas là-dedans, affirma Benfield. Je l'aurais identifié même s'il avait été complètement détruit. Lady Yeuse a pu s'enfuir.

— Nous allons rejoindre les dirigeables, annonça Lien Rag.

— Vous ne bombardez pas cette concentration de bâtiments de la Guilde ? s'offusqua le capitaine du détachement de la Manu.

— A quoi bon gaspiller nos bombes. Par contre je suis d'accord pour en lâcher quelques-unes sur le port. A condition que le cargo qu'on est en train de décharger ne soit pas l'*Elovia* du Consortium. Je n'ai pas envie d'avoir une affaire sur les bras avec le Consortium des Bonzes.

— Je ne vous comprends pas ! s'exclama Benfield. Vous les ménagez encore alors qu'ils se sont alliés aux Harponneurs pour transporter les troupes du Caudillo Herandez ?

— C'est notre plus gros acheteur d'huile, répondit Lien Rag avec un certain cynisme. De plus le Consortium contrôle la plupart des activités économiques de l'Australasienne ou de ce qui en reste, et nous avons besoin de ses produits. Lorsque nos dirigeavions seront assez nombreux, lorsque nous fabriquerons des câbles porteurs, et bien d'autres marchandises, alors nous pourrons affronter carrément le Consortium, mais pas avant.

Après un survol à basse attitude et une série de

photographies, il s'avéra que c'était bien un cargo de la catégorie des *Elovia* qui était en train de se vider de différents matériels, surtout ferroviaires, de nouvelles draisines blindées aérodynamiques et quelques locomotives diesel flambant neuves.

— Nous pourrions éventuellement attaquer la barge en glace qui transporte le ravitaillement en huile de baleine, mais elle n'est pas visible. Nous allons donc rejoindre les Andes.

Benfield enrageait mais devait s'incliner. Lien Rag était le maître à bord, cependant l'estime que lui portait le capitaine de la Manu était bien entamée. Lien Rag n'en avait cure. Il voulait bien sauver Yeuse, mais le sort de la Patagonie le laissait indifférent, et même il était assez satisfait que la puissante Compagnie, déjà bien affaiblie par le dégel, soit complètement déstabilisée. Il avait toujours pensé que Yeuse n'était pas faite pour en diriger la destinée. Elle avait commis de grossières erreurs en négligeant un peu trop la menace d'une augmentation de la température.

— Nous devons d'autre part rencontrer l'*Indépendance* dans les cinq prochaine heures pour nous ravitailler en fuphoc, sinon nous risquons de tomber en panne de carburant et d'être forcés à un atterrissage dangereux.

CHAPITRE VII

Lorsqu'elle s'était réveillée le lendemain matin dans son compartiment douillet et qu'elle avait pu prendre son bain, Yeuse avait reconnu qu'elle avait eu une grande chance d'échapper à ce destroyer de la Guilde. Le wagon de sel avait complètement détruit l'aiguillage, obligeant le bâtiment ennemi à s'immobiliser suffisamment pour que Reiner et elle puissent rejoindre le train présidentiel. Les mécaniciens, inquiets du silence radio, avaient eu l'audace de repartir en marche arrière, si bien qu'au bout d'un kilomètre les deux rescapés d'Isabel Station avaient reniflé des odeurs d'huile brûlée. Le train stationnait toutes lumières éteintes, mais cette odeur caractéristique que le filtre de leurs cagoules ne pouvait totalement extraire de l'air les avait rendus fous de joie. Ils se soutenaient mutuellement, s'encourageaient un hurlant des chansons, et une fois le sas franchi, s'étaient écroulés. Yeuse ignorait comment elle s'était retrouvée dans sa couchette.

Après son bain, elle apprit que Reiner souffrait énormément d'engelures aux pieds. Sa combinaison s'était déchirée durant leur fuite, peut-être dans le wagon de sel, et il ne s'était jamais plaint lorsque le froid avait commencé de mordre dans sa chair. Elle le retrouva endormi sous calmant dans un compartiment voisin. Ses pieds étaient bandés et le médecin de la suite présidentielle ne lui cacha pas qu'il craignait la gangrène. Emue aux larmes, elle contempla le visage ingrat de son adjoint à la synthèse scientifique. Elle ne l'aurait jamais cru capable d'un tel courage physique et d'une si grande abnégation. Mais surtout elle restait attendrie par l'aveu de l'amour qu'il lui portait depuis si longtemps sans qu'elle s'en soit jamais douté.

Le convoi roulait dans les premiers contreforts des Andes, s'approchait des premières construction métalliques rouillés qui avaient autrefois permis aux convois d'accéder aux plus hauts plateaux de la cordillère en dépit des faces abruptes. On ne disposait pas alors de moyens assez puissants pour attaquer la roche nue sur laquelle la glace n'avait jamais réussi à tenir, et des ingénieurs illuminés avaient imaginé ces séries de passerelles, de viaducs démentiels qui parfois paraissaient s'enrouler sur eux-mêmes pour gagner les quelques mètres nécessaires permettant d'accéder à des niveaux élevés. Cette ferraille avait depuis longtemps cessé d'être entretenue, déjà du temps de Lady Diana, lorsque celle-ci n'avait plus comme objectif que son fameux tunnel nord-sud qui devait relier sous la glace le pôle Nord au pôle Sud. Il n'en restait plus rien. Les grands tronçons, certains atteignant deux à trois mille kilomètres de long, avaient été noyés par les grands fleuves, s'étaient écroulés, provoquant dans toute la Concession de la Panaméricaine des dépressions énormes. Lady Diana, dans sa folie, avait détourné pour ces travaux gigantesques toute l'énergie disponible dans sa Compagnie, gaspillant des fortunes pour acheter de l'huile animale, minérale et jusqu'à des cadavres. Ces derniers, réduits en poudre, servaient à alimenter une formidable centrale électrique proche de Magellan Station. La poudre mélangée à de l'huile était injectée dans d'énormes brûleurs et chauffait des chaudières ultra-perfectionnées. Les trains de cadavres se succédaient, une dizaine par jour, en provenance des mines à cadavres forées dans l'ancien pays que l'on appelait l'Inde. Là-bas on avait découvert cette richesse inattendue en forant à hauteur d'anciens fleuves sacrés. Lors de la Grande Panique, lorsque le froid se répandait rapidement sur la planète, des millions de pèlerins, des centaines de millions, avaient afflué sur les berges de ces eaux sanctifiées pour y mourir.

Le chef de train, un métis d'Indien qui s'appelait Luis, vint la prévenir que les installations métalliques lui inspiraient la plus grande méfiance.

— Je sais, dit Yeuse. Nous avions commencé voici bientôt un an la rénovation de la ligne 1917 grâce à laquelle nous pensions faire venir des trains de ravitaillement de la côte ouest. Nous aurions économisé du temps et des dépenses énergétiques car le contournement du cap Horn était long et dangereux. Les cargos auraient pu décharger leur cargaison sur la côte ouest de l'ancien Pérou d'où les convois seraient partis, escaladant la cordillère. Plus loin nous trouverons des viaducs rénovés, mais pour l'instant la plus grande prudence est de rigueur.

Le train n'avançait plus qu'à vingt kilomètres à l'heure et le balancement de cette infrastructure vieille de plus d'un siècle devenait inquiétant. Il fallut même stopper pour que cesse le ballant et, de sa fenêtre de compartiment-bureau, Yeuse découvrait avec horreur que les longerons fixés à la falaise étaient pour la plus part transformés en dentelles de rouille. Les énormes tire-fond scellés dans la roche jouaient dans leur cavité et l'ensemble pouvaient s'abattre d'un coup. Mais c'est là qu'elle put juger du génie des ingénieurs qui avaient conçu cet ensemble, car l'inclinaison générale donnait à l'ouvrage une inflexion calculée pour que la paroi serve d'appui.

— Ils savaient travailler, dans le temps, murmura-t-elle.

Tout ce fer avait été trouvé dans une mine proche de la côte orientale. On avait découvert des milliers et des milliers d'anciens véhicules appelés automobiles, camions, autobus, et une fonderie construite sur place avait fondu toute cette matière première.

Plus loin la voie était ancrée sur une corniche rocheuse. C'était plus rassurant malgré l'abîme qui paraissait sans fond. Le pampero ne soufflait pas car il aurait pu déséquilibrer le petit convoi.

— Lady Yeuse, venez voir… Sur la plate-forme arrière.

Elle suivit Luis jusqu'à la rotonde vitrée dite panoramique du dernier wagon. De là on plongeait jusqu'à la pampa. On découvrait l'invraisemblable fouillis des montagnes russes métalliques qui s'étendaient sur des kilomètres et qui paraissaient, vues de hauteur, d'une légèreté élégante. Mais Yeuse repéra vite ce que Luis voulait lui faire voir. Une sorte de trait noir qui grignotait ces constructions rouillées, qui escaladait chaque rampe avec une aisance gracieuse.

— Le destroyer, dit-elle.

— Ils sont fous de rouler à cette allure. Une des spirales finira par se détacher de la paroi avec la force centrifuge qu'il va leur imprimer.

Mais elle ne le pensait pas. Le temps que la spirale s'écarte et le bâtiment était de nouveau contre la paroi, pesant de tout son poids multiplié par sa vitesse.

— Et nous allons manquer d'huile, lui dit le chef de train. Même en roulant à si faible allure nous ne serions jamais arrivés dans la Concession d'El Condor. J'espérais utiliser certaines pentes naturelles pour aller aussi loin que possible. Ils vont nous rattraper avant une demi-heure. Même si nous pouvons rouler plus vite, ce serait inutile.

— Pouvons-nous détruire un viaduc, par exemple ?

— J'en ai parlé au sergent Gormechi qui remplace Gandevez… Pour installer les charges et ensuite avoir le temps de s'éloigner suffisamment, nous aurions besoin de trois quarts d'heure au moins et le destroyer nous aura rejoints avant.

— Ils ne peuvent pas nous attaquer sur un de ces passages dévoré par la rouille sans risquer eux-mêmes d'être entraînés dans sa chute ?

— Je crains qu'ils n'attendent le moment le plus favorable, celui où nous serons justement engagés sur les longs viaducs qui vont se présenter… Ou alors dans la série de tunnels que nous emprunterons ensuite.

— Il n'y a jamais eu d'*Instructions Ferroviaires* sur ce réseau depuis vingt ans, comment connaîtraient-ils le profil de cette voie perdue dans la cordillère des Andes.

— Vous avez peut-être raison, mais on dit que les Harponneurs disposent depuis longtemps de renseignements précis sur la Patagonie.

Caron ! Caron son ancienne secrétaire, cette jolie fille lascive qui avait essayé de la séduire et qui pendant des mois l'avait espionnée. Caron qui l'accompagnait lors de son dernier voyage dans cette région et qui, à tout hasard, avait relevé toutes les particularités de cette voie ferrée. Caron qui faisait mine d'avoir peur et de trouver déplaisants les rares habitants de ces montagnes, mais qui avait appris que désormais les convois de ravitaillement emprunteraient ce réseau pour plus de sécurité et pour gagner du temps. Caron était en prison depuis neuf mois, bientôt dix, depuis que Yeuse avait découvert sa trahison. Mais la Guilde avait dû la délivrer et peut-être se trouvait-elle dans ce destroyer lancé à leur poursuite.

— Que décidons-nous, Lady Yeuse ? demanda le chef de train. Le sergent Gormech est prêt à se battre, pense qu'il peut débarquer avec ses hommes dans un tunnel et tirer avec ses lance-missiles sur le destroyer.

— Nos missiles ne pourront jamais attaquer le blindage de ce bâtiment, dit-elle.

CHAPITRE VIII

Le cargo *Princess* arriva aux îles de la Reine Charlotte alors qu'une violente tempête de neige s'abattait sur toute la région, rendant la visibilité quasiment nulle. D'énormes icebergs, détachés des falaises de glace de l'Alaska, erraient sur cette mer dangereuse. A quelques milles du port nouvellement créé de la scierie géante, elle fit mettre en panne, mais aucune ancre ne fut mouillée. On maintenait le cargo face au vent uniquement par ses diesels.

— On risque gros, dit Zabel, son second. Les gosses sont dans la cabine mais s'énervent. Gdami voudrait aller à l'avant pour surveiller notre route. Kurty est un peu fiévreux... Il gémit qu'il veut son père et Gueule-Plate.

Kurty était l'enfant des étoiles que son père Kurts avait ramené sur Terre avec une nourrice bien étrange, une chèvre-garou qui l'avait longtemps nourri de son lait. Une créature hybride, mélange d'un corps de femme et d'animal. Lorsque Kurts était mort, elle ne lui avait survécu que de quelques mois, tant la passion qu'elle portait à cet homme était forte. Elle avait aimé l'enfant, mais la disparition du père l'avait à jamais détruite. Lorsqu'elle y songeait, Farnelle sentait ses yeux se remplir de larmes. Le petit était un excellent compagnon pour son diable de fils lui-même métissé de Roux.

— Les équipages des radeaux sont inquiets, lui dit

aussi Zabel. Ils n'ont jamais vu une telle tempête. La température extérieure s'est encore radoucie pour qu'il neige aussi abondamment.

Le réchauffement de l'Alaska devenait préoccupant, car les glaciers glissaient à une grande vitesse vers l'océan, y précipitaient des masses énormes qui provoquaient des tsunamis extrêmement dangereux. A plusieurs reprises les quais de la scierie géante avaient été submergés et un petit caboteur, venu du pays de Djoug, avait même été emporté et déposé à quatre cents mètres de la mer. Pour le tirer de là, il avait fallu un travail de deux semaines et l'emploi d'un matériel perfectionné. Mais Kayata, le président du gouvernement djougien, avait exigé que l'on tire son bateau de cette position inconfortable, affirmant qu'on avait négligé de prévenir son capitaine de l'approche de ce tsunami, et ajoutant que le port des îles de la Reine Charlotte n'était pas assez sûr. Farnelle savait qu'il mentait, que la digue du port était très solide, mais que ce raz de marée avait dépassé en hauteur toutes les prévisions. D'ailleurs la vague géante avait également atteint la mer d'Okhotsk, et la fameuse banquise de bois, richesse du pays de Djoug, avait été quelque peu malmenée puisqu'on avait retrouvé des centaines, certains disaient des milliers de troncs dans les endroits les plus inattendus. La route principale de ce pays lacustre qui se dirigeait vers le nord avait été défoncée par les billes de bois sur des kilomètres.

– Distribuez de la vodka. Qu'ils se soûlent et nous foutent la paix.

Ces équipages étaient ceux des radeaux de bois qui descendaient des îles de la Reine Charlotte régulièrement. Ces hommes rudes, infatigables, mais frustes, construisaient avec les troncs d'arbres des radeaux de mille à deux mille tonnes sur lesquels ils installaient des chaudières à vapeur qui entraînaient une hélice arrière. Un équipement sommaire fonctionnant au bois bien entendu. Au centre du radeau une construction en bois pour faire la cuisine, dormir, se réunir. Un gouvernail énorme que deux hommes devaient manier. Tous les deux mois, dix de ces radeaux rejoignaient Lacustra City, alimentant les chantiers en pilotis et en planches, mais aussi en bois brut débité sur place. Les cargos tels le *Princess* et le *Rewa* transportaient les planches les plus élaborées, celles qui servaient à l'édification des immeubles. De temps en temps un radeau se perdait corps et biens dans les tempêtes ou à la suite d'une collision avec un iceberg, mais il y avait toujours des volontaires pour ce travail dangereux. Les équipages étaient bien payés, pouvaient acheter dans les boutiques de Lacustra City les produits qui manquaient dans les îles et surtout dans le pays de Djoug. Autour de la scierie s'était créée une agglomération importante avec des magasins. Les Esquimaux des autres îles, Aléoutiennes mais aussi les habitants des Kouriles, des Tchouktches, venaient travailler à la scierie. Du coup les cargos comme le *Princess* devaient prévoir des cargaisons nouvelles de produits de consommation. Avec l'ouverture de la future ligne Lacustra-Tcheou Voksal, d'autres marchandises seraient bientôt disponibles, mais les dirigeables de Songe ravitaillaient la cité sur pilotis en denrées rares.

La tempête dura toute la nuit mais la purga, le terrible blizzard de la région, ne se leva pas, et au petit matin, profitant d'une éclaircie, le *Princess* put accoster le long des quais en bois traité qui s'étendaient sur plus d'un kilomètre. Dans le fond les radeaux en construction étaient prêts à recevoir les chaudières, et les équipages n'auraient que quelques jours de repos avant de reprendre la mer.

Le directeur de la scierie était un ingénieur hautement qualifié qui avait déserté le Consortium des Bonzes pour se mettre au service de l'Omnium. Le bois le passionnait, et ces milliers de troncs d'arbres qui attendaient d'être débités dans la baie voisine le réjouissaient. Il s'appelait Vangarde et avait des projets passionnants, ayant longuement recherché les vieilles techniques. Depuis quelque temps son dada était le bois lamellé collé dont il disait le plus grand bien, affirmant qu'on pourrait en faire des ponts légers et solides, des charpentes pour les plus grandes constructions immobilières de Lacustra City.

— Il faut une salle de spectacle énorme, un opéra, et nous les construirons grâce à cette technique. Ce sera un chef-d'œuvre, une nouvelle cathédrale gothique que l'on viendra visiter du monde entier.

Il établissait les plans de nouveaux bateaux d'une élégance extraordinaire, mais sa scierie fonctionnait sans défaillances et les quantités de bois préparé s'empilaient sur des hauteurs impressionnantes. Le bois était déjà traité et de plus en plus manufacturé avant de rejoindre les cales des cargos. Il commençait de mettre en fabrication des blocs-portes, des blocs-fenêtres, des murs, des cloisons qui se montaient en un tour de main. On prévoyait qu'un immeuble de quatre étages de huit appartements, une fois déchargé à Lacustra City, serait construit en moins d'un mois et prêt à recevoir ses locataires au bout de deux. Vangarde prévoyait toutes les gaines pour les câbles, pour les chauffages, la ventilation, avait des idées originales pour isoler les différentes parties d'une habitation, réfléchissait sur les cuisines, les salles de bains, proposait à la place des baignoires en matériaux composites, des cuviers en bois rares d'une ligne admirable.

— Des millions de tonnes de bois nous attendent derrière cette ligne de crête, ne cessait-il de dire, et l'eau de fonte a formé un lac qui sert d'ascenseur à ces troncs d'arbres, les soulève, leur fait franchir le col sans trop de précipitation.

Son lyrisme lui faisait oublier que les dirigeables devaient fréquemment intervenir pour détruire les barrages d'arbres qui se formaient dans le goulet assez étroit de cette crête de montagnes. Sans eux jamais on n'aurait pu compter sur un apport régulier de bois, et Farnelle estimait qu'il aurait fallu qu'un dirigeable soit à demeure dans les îles de la Reine Charlotte.

— Le président djougien Kayata m'inquiète, confia Vangarde à Farnelle, au cours du déjeuner qu'il lui offrit dans un restaurant de l'île. Il nous survole fréquemment avec cet hydravion qu'on lui a vendu et je ne sais ce qu'il médite… Il est jaloux de nos réserves en bois, se rend compte qu'il a manqué de jugeote en voulant nous priver de sa propre banquise de bois qu'il n'arrive plus à exploiter comme il le faudrait. On n'aurait jamais dû lui offrir cet appareil qui lui permet de nous espionner.

– Nous voulions nous réconcilier avec lui.

– Vous le lui avez revendu à perte, oui.

C'était vrai. Mais l'homme devenait menaçant et pour la tranquillité des îles de la Reine Charlotte il avait fallu en passer par là. Les bonzes, eux, n'avaient jamais livré le dirigeable promis, se doutant que le Djougien avait des arrière-pensées agressives. L'homme cherchait à agrandir son pays. Il se sentait bloqué vers l'ouest par le dégel des grands fleuves et des torrents qu'il ne pouvait dominer. Quelques ponts suspendus avaient été lancés pour permettre le passage des routes de bois, mais la Lena envahissait d'énormes surfaces de la Sibérie, et au sud c'était l'Amour qui menaçait. D'ailleurs Farnelle s'en était rendu compte, devant désormais éviter d'emprunter la mer du Japon et surtout le détroit de Lapérouse où les remous étaient énormes. La rencontre des eaux douces et tièdes de ce fleuve avec celles froides et salées du Pacifique, engendrait des phénomènes dangereux. Depuis quelque temps le *Princess* naviguait au large, ce qui allongeait le trajet. Quelques radeaux de bois montés par des équipages téméraires avaient essayé d'affronter les tumultes de la mer du Japon et avaient failli périr.

– Il faut que Liensun aille trouver Kayata et cherche à le calmer. Le bonhomme est en train de former une sorte d'armée. Il l'équipe de glisseurs qui peuvent aller sur la mer, à condition que celle-ci soit calme. Il va certainement s'emparer un beau jour des Aléoutiennes, mais les Esquimaux n'ont pas l'intention de se laisser faire. C'est un très vieux peuple qui a toujours manifesté une grande indépendance vis-à-vis des occupants divers de ses territoires. Eux ont survécu alors que leurs envahisseurs ont tous disparu. Mais que ferons-nous si après avoir conquis ces îles il a des visées sur les îles de la Reine Charlotte ? Il faudrait ici en permanence un dirigeable et deux hydravions.

— Liensun est en Patagonie. La présidente Yeuse est en fuite car les Harponneurs ont envahi sa Compagnie. Ils n'ont jamais renoncé à débarquer sur les inlandsis voisins de l'Antarctique et, cette fois, ils sont solidement implantés. Il n'est pas question de les en chasser, mais nous essayons de limiter les dégâts. Le Consortium des Bonzes s'est allié avec la Guilde, mais secrètement, si bien que nous ne pouvons pas intervenir contre Tharbin et n'en avons pas d'ailleurs envie.

Dans la journée elle alla, à bord d'un canot à moteur, se rendre compte de la progression des glaciers au nord des îles et resta stupéfaite lorsqu'elle aperçut les masses énormes suspendues au-dessus de l'océan. Certaines atteignaient presque le kilomètre et basculeraient dans l'eau salée avant un mois.

— Nous nous attendons à un tsunami qui dépassera tous les autres en intensité. L'effet pourrait s'en faire sentir jusqu'en Antarctique. Lacustra City pourrait même être submergé par quelques pieds d'eau. Mais il est possible que la vigueur des anciens fleuves chinois repousse cette vague. Alors il y aura des mascarets comme on n'en a jamais vu, et durant quelque temps toute navigation maritime devra être suspendue. Il faut que les radeaux de bois soient déjà rendus là-bas quand le phénomène se produira.

Dans la nuit Farnelle rêva que son *Princess*, soulevé par une vague fantastique, se retrouvait au sommet d'une grande montagne. Elle dut se lever, sortir sur le pont pour s'assurer que pour l'instant tout était calme. Mais elle avait hâte de repartir vers le sud.

CHAPITRE IX

Après un très long dialogue radio, l'hydravion se posa dans un endroit désert proche de la cordillère des Andes. Dans une sorte de triangle dont chaque sommet était figuré par une petite station. Celle qui était le plus au nord s'appelait Isabel Station, et Liensun, qui commandait l'*Indépendance*, affirmait qu'il avait dû se passer un événement violent dans cette bourgade. Bientôt la masse énorme de l'aérostat apparut et s'immobilisa au-dessus de l'hydravion pour le ravitailler.

– Nous pensons que Yeuse est en route sur la ligne 1917, mais qu'un bâtiment non identifié est à sa poursuite. Nous avons capté une émission en vieux dialecte du pays. De l'espagnol, je crois. A bord quelqu'un a pu traduire partiellement mais enfin nous n'avons pas la teneur exacte de ce qui se disait.

– Je vais repartir en reconnaissance, dit Lien Rag.

– Nos dirigeables ne peuvent trop s'approcher des montagnes à cause des ascendances et des perturbations. La moindre négligence et nous pourrions être entraînés contre les parois. Nous nous tiendrons à distance.

– Nous suivrons le tracé de cette ligne 1917 en espérant que ce sera la bonne.

Lorsqu'il aperçut les constructions métalliques, Lien Rag se souvint que jadis il avait emprunté une autre ligne de haute montagne. Il était en compagnie d'une métisse Rousse qu'il aimait beaucoup et qui était morte, plus tard, tuée par les Eboueurs de la Vie éternelle.

— Nous allons devoir effectuer des vols dangereux et je demande à chacun de s'attacher à son siège, et de vérifier si les différents objets sont bien arrimés. Je pense surtout aux armes, aux lance-missiles personnels qui doivent être surveillés avec soin.

Très vite les avertissements de son fils s'avérèrent exacts et il dut redoubler de prudence, des ascendances terribles projetant l'hydravion dans tous les sens en dépit de ses cent tonnes de charge. Il faisait surveiller les viaducs, les montagnes russes métalliques. Celles-ci ressemblaient à l'une de ces fêtes foraines qui s'installaient sous chapiteau transparent en Transeuropéenne lorsqu'il était enfant. En ce temps-là, la Compagnie connaissait une grande prospérité. C'était bien avant cette guerre avec la Sibérienne et la lente décadence qui avait suivi.

Quelqu'un demanda à voix haute comment l'on pouvait être assez fou pour se risquer sur ces passerelles rouillées qui escaladaient la cordillère. Effectivement elles étaient vertigineuses et surtout fortement détériorées par la rouille. Le moindre souffle d'air les faisait vibrer.

— On dirait un convoi sur la droite, tout en haut de cette rampe, sur le plateau recouvert de glace.

Lien Rag utilisa un dispositif optique de visée pour mieux cadrer le point noir qui se déplaçait à toute vitesse. C'était bien un train. Mais avec une forme curieuse, aérodynamique, et il essaya de s'en rapprocher en surveillant le cirque des hauts sommets au milieu duquel il s'engageait. Cette fois il prenait de très grands risques mais avait la certitude qu'il s'agissait du destroyer de la Guilde lancé à la poursuite du train présidentiel.

— Tunnel sur la droite à trois heures.

Une tache noire sur une falaise qui ressemblait à une bouche d'ombre. Le destroyer s'y engloutit et Lien Rag chercha longtemps un passage dans ces barrières rocheuses hérissées de pics fantastiques, perdit un temps considérable avant de plonger enfin dans la vallée mitoyenne pour découvrir d'autres viaducs métalliques.

— Il a disparu.

— Il y a un autre tunnel.

Pendant un quart d'heure il dut jouer à saute-mouton d'une vallée à un canyon, d'un plateau à un abîme traversé par le viaduc le plus audacieux qu'il ait jamais rencontré, une seule arche métallique lancée d'un bord à l'autre. Et là-dessus son destroyer qui roulait beaucoup plus lentement.

— Qu'est-ce qui tombe au fur et à mesure qu'il avance ? demanda le capitaine Benfield qui s'était assis dans le siège du copilote.

— Des plaques de rouille, répondit Conty le mécano. Ils ont dû s'en rendre compte et ont considérablement ralenti. Le viaduc se balance de droite à gauche...

— Je me souviens d'un vieux livre où l'on parlait des saisons d'autrefois, des arbres qui perdaient leurs feuilles l'automne venu. Je ne comprenais pas ce que ça signifiait mais on dirait que le viaduc perd ses feuilles.

Un tunnel encore, mais très court et de l'autre côté une spirale qui permettait à la ligne de gagner quelques mètres de dénivellation. Lien Rag prit de la hauteur car il voulait à tout prix se rendre compte où se trouvait le train présidentiel, et il l'aperçut enfin à une très courte distance de son chasseur.

— En ligne droite il n'y a pas un kilomètre entre les deux, murmura Conty.

Le capitaine de la Manu tendit le bras :

— Regardez ce long viaduc. Le train de Lady Yeuse va s'y engager juste comme le destroyer arrivera. Un seul missile et tout s'écroulera. Le commandant du destroyer doit avoir des renseignements extrêmement précis sur la configuration de cette ligne.

Lien Rag partit vers l'est dans une courbe très large, et arriva face à la montagne juste comme le train présidentiel s'engageait effectivement sur le très long viaduc. Ce dernier se composait de trois arches avec deux piliers centraux qui montaient de l'abîme comme des arbres de métal.

— Ils roulent au pas... Tout doit donner l'impression qu'un rien ferait écrouler le pont... Là aussi il y a des feuilles mortes de rouille qui tombent en planant… Des dizaines et des dizaines de feuilles de rouille.

— Le destroyer va sortir du tunnel, se contenta de dire Conty.

— Missiles de six pouces, dit Lien Rag.

— Missiles parés, répondit le capitaine.

Le blindage du destroyer résisterait à l'impact mais le coup dérangerait son assiette au moment de tirer. Il allait s'arrêter pour détruire le pont. De toute façon il ne pouvait aller plus loin avec la perspective de faire un tir au but.

Lien Rag avait la certitude qu'ils n'étaient pas repérés pour l'instant, et d'ailleurs plusieurs membres de l'équipage apparaissaient dans les bulbes de protection tout en haut du destroyer. S'ils avaient pressenti un quelconque danger ils auraient rabattu les boucliers protecteurs. Du coup Lien Rag changea rapidement de tactique.

— Canon-mitrailleuse ; je vais attaquer l'équipage. Le chef de bord est certainement dans un de ces bulbes vitrés pour surveiller le tir. Si je le descends, l'équipage sera suffisamment démoralisé pour manquer son coup, et laissera à Lady Yeuse le temps de sortir du viaduc.

Au dernier moment le chef de bord se douta de quelque chose, tourna la tête et dans son appareil de visée Lien Rag vit ses yeux s'exorbiter, sa bouche s'ouvrir sur un hurlment de surprise mais c'était trop tard. Les canons-mitrailleuses de bord faisaient voler en éclats les bulbes de verre, saccageaient tout ce qui était fragile en haut du destroyer, et pour finir quatre missiles partirent vers leur cible. Lien Rag ne sut que plus tard s'il avait fait mouche, car il dut fortement incliner l'hydravion sur la droite. L'appareil bascula fortement comme s'il allait s'écraser sur le viaduc, mais à la dernière seconde il se redressa suffisamment pour glisser sur une ascendance et sortir de la vallée étroite. Le train présidentiel avait disparu dans le tunnel suivant sans que ses occupants se doutent peut-être qu'ils venaient de l'échapper belle.

— Le destroyer n'a pas tiré et il vient de reculer précipitamment dans le tunnel, dit Conty.

— Je vais détruire le viaduc, annonça Lien Rag. Du moins l'arche la plus proche du bâtiment de guerre. Ensuite nous serons tranquilles.

— Pourquoi ne pas détruire le destroyer, s'emporta Benfield. On en serait débarrassé.

— Inutile de faire un massacre. Le viaduc suffira. Le destroyer devra renoncer et retourner à Magellan Station.

Lien Rag, en quatre autres missiles, détruisit l'arche porteuse qui s'écroula avec une lenteur majestueuse tandis que des milliers de feuilles de rouille s'envolaient dans le vent. Pendant quelques secondes ce fut une sorte de feu d'artifice rouge qui retomba mollement.

— Maintenant Yeuse est sauvée... Je pense que je pourrai me poser du côté de Santa Maria del Corazon.

Depuis le dirigeable qui les survolait à très grande hauteur, Liensun les félicita et leur annonça que Yeuse allait pénétrer dans le territoire du Condor, qu'il essayerait d'entrer en communication radio avec elle.

— Trouve-moi un plateau, demanda Lien Rag. Je vais me poser.

CHAPITRE X

Gus ne savait comment se débarrasser de Grathe qui rôdait autour de lui, lançait ses regards provocants, prenait des poses langoureuses qu'il s'efforçait de ne pas remarquer.

— Excusez-moi mais je suis sur une recherche très absorbante et je ne veux pas être dérangé. Il n'y a rien ici de bien passionnant pour vous... Allez donc voir Isaie, vous voulez bien?

— Peuh, il dort. Hier au soir il s'est soûlé abominablement et il a dormi toute la nuit. Vous croyez que c'est amusant?

— Au moins vous avez pu en faire autant.

— Pas du tout. Je n'aime pas l'odeur de la bière et de l'alcool qu'il ingurgite. Et puis j'ai le sommeil difficile et je ne peux pas m'endormir comme ça. Lorsque je l'ai suivi, je croyais qu'il serait beaucoup plus attentionné, mais j'ai découvert qu'il buvait trop. Là-bas chez le père Faro il était interdit de consommer des boissons alcoolisées... Ça tue l'amour. Vous ne buvez pas beaucoup, vous.

— Je suis très occupé, grommela Gus qui se pencha vers l'écran du Bulb.

Mais curieusement celui-ci était éteint, comme si à l'arrivée de Grathe l'animal de l'espace avait préféré observer un silence prudent.

— Allez à la cuisine, s'il vous plaît. Ici les instruments sont très délicats et seuls des spécialistes comme Isaie et moi-même peuvent aller et venir sans risquer de les détériorer. Je vous demande de ne rien tripoter et de sortir. Comprenez-vous ?

Il commençait de s'irriter car Grathe n'en faisait qu'à sa tête, se juchait sur les tabourets mobiles, se penchait vers les pupitres. Il finit par marcher vers la nouvelle conquête d'Isaie, crut pouvoir la soulever de son siège mais Grathe vivement s'accrocha à son cou, noua ses longues jambes maigres autour de ses hanches et l'embrassa sur la bouche avec frénésie, essaya de lui enfoncer sa langue entre les dents. Gus, un instant ébranlé, saisit l'occasion pour marcher vers la porte et sans brutalité mais fermement se débarrassa de Grathe. Il referma à clé. Il pourrait tambouriner avec ses poings, il n'entendrait rien. Il retourna à son siège, regrettant vaguement de s'être comporté avec une telle précipitation. Le baiser de Grathe restait encore humide sur sa bouche et il n'avait pas détesté le contact de ces lèvres chaudes et assez pulpeuses. Il essaya de le chasser de son esprit, sollicita le Bulb qui ne répondit pas.

Il se reporta sur ses autres recherches d'une parabole d'approche de l'atmosphère terrestre. Il lui restait à faire de nombreux calculs. Bien sûr il utilisait les ordinateurs de bord tout en se méfiant de l'ordinateur général. Ils étaient tous interconnectés et si le cerveau maître se rendait compte qu'il cherchait à rejoindre la Terre, les questions puis la méfiance apparaîtraient vite. Dès lors il serait surveillé dans ses moindres recherches jusqu'à ce que le cerveau électronique comprenne qu'il comptait utiliser le Bulb pour rejoindre la planète. Ce cerveau artificiel se ferait un plaisir sadique de prévenir son alter ego, le cerveau naturel du Bulb.

Il finit par quitter sa place pour aller et venir dans la salle de contrôle. Quelque chose le tracassait et il n'arrivait pas à identifier les raisons profondes de son malaise. Il avait beau récapituler ses actions depuis qu'il avait quitté sa cabine, il ne trouvait rien. Y avait-il eu, dans les dernières confidences du Bulb, un détail qui ne lui avait pas tout de suite paru important et qui, à son insu, poursuivait un travail occulte pour réveiller sa vigilance ?

Cela lui arrivait assez souvent, et chaque fois il était angoissé, démoralisé comme s'il venait d'éprouver une grande douleur morale.

Lorsque Isaie frappa à la porte, il crut que c'était Grathe, mais le petit docteur fit passer un message sur l'interphone et il alla lui ouvrir.

— Vous vous enfermez, désormais?

— Je ne voulais pas que Grathe me dérange.

— Grathe était ici?

— Se plaignant que vous aviez trop bu et dormi toute la nuit. Alors mon vieux, on néglige ses devoirs d'amoureux fervent? Ce n'est pas bien.

— Que s'est-il passé?

— Rien, je me suis arrangé pour mettre votre amie à la porte, c'est tout.

Isaie le regardait salement et Gus découvrait une nouvelle facette de son caractère. Jamais le petit docteur n'avait exprimé de jalousie quand ils lutinaient ensemble la complaisante Thresa. Gus avait parfois honte de se souvenir que, pris de boisson, il acceptait que lui et son compagnon reçoivent d'elle ses faveurs en même temps. Il n'était pas tellement attiré par ces parties fines qui, au contraire, enchantaient Isaie. Mais avec Grathe, l'homme se révélait soupçonneux, exclusif et aurait été capable d'une crise de fureur s'il avait surpris un seul regard de complicité entre ces deux êtres-là.

— Ecoutez, dit Gus, cessez de m'ennuyer avec cette histoire. J'ai des recherches importantes à effectuer si nous voulons nous sortir de cette situation désespérée. Vous ne pensez qu'à forniquer avec une créature corrompue par le père Faro. Je suis certain qu'elle est d'une grande expérience et très complaisante, mais pour l'instant elle ne m'intéresse pas. Si vous ne voulez que m'importuner avec vos amours, vous n'avez rien à ficher ici.

Isaie lui lança un regard plein de ressentiment et sortit. Peu après le Bulb reprenait sa conversation avec lui.

— Je sais que je me répète, que vous connaissez toutes ces histoires de jadis, mais je pense qu'il est bon de vous les remettre en mémoire.

— Que s'est-il passé avec les incubateurs, les embryons soigneusement sélectionnés ? Ils devaient donner une race humaine nouvelle capable de vivre dans une température très basse, mais il y avait des embryons d'animaux comme des moutons, des vaches, des bœufs musqués, des volailles...

— Même des plantes, ce qui peut paraître extraordinaire ; des plantes qui avaient pu être « inventées », si j'ose dire, à partir des lichens et de végétaux trouvés dans l'espace. Il y avait aussi des bactéries nouvelles qui en s'alliant avec ces plantes leur permettaient de prospérer. Ce qui s'est passé ? Un dérèglement lent mais continu, un renoncement aux expériences. Il y avait le confinement. Cinquante mille personnes, tel fut à une époque le chiffre élevé de la population de ce satellite. Je sais qu'il est immense puisque c'est mon propre corps qui est utilisé, mais très vite certaines parties devinrent interdites. Soit parce qu'on y effectuait des expériences délicates qui devaient se dérouler hors de toute contamination et dans le silence absolu, soit parce qu'il y avait des territoires où sévissaient ces nouvelles tribus de rebelles très décidés à refouler les intrus. Alors les gens se trouvaient encasernés dans quelques niveaux, quelques coursives... On se relâchait dans le travail, on utilisait les appareils pour inventer, distiller de nouveaux alcools, des drogues qui faisaient voir la vie sous d'autres apparences, des aphrodisiaques qui rendaient les hommes et les femmes fous d'excitation. Lorsque les premiers garous, les loupés, apparurent, les déviations sexuelles suivirent... La zoophilie fit des ravages...

CHAPITRE XI

L'hydravion spécial du Kid avait été aménagé en véritable wagon volant, avec tout le confort possible : cabines à coucher, salles de bains, salon, salle à manger et bureau. Il n'aurait jamais pensé connaître un tel bonheur et voyager dans une aussi bonne atmosphère. Il ne regrettait qu'une chose, qu'il soit de trop petite taille pour piloter lui-même, et trop vieux pour apprendre. Mais désormais avec cet appareil il pouvait aller où il le souhaitait. Il avait rendu visite à Tharbin, le P.-D.G. du Consortium des Bonzes, s'était déplacé jusqu'aux îles de la Reine Charlotte pour visiter la scierie, et régulièrement il venait voir son vieil ami, le professeur Leyris, dans son atoll d'Euphosia. L'îlot tenait son nom de l'euphosia superba qui était l'appellation savante de la minuscule crevette krill, nourriture préférée des baleines.

Désormais de grands troupeaux de cétacés hantaient les eaux de plus en plus tièdes de l'atoll, et le Kid, depuis le ciel, aimait les voir plonger, souffler, folâtrer avec leurs petits. Le plancton produit en quantité industrielle détournait les grands animaux du complexe des Harponneurs où elles étaient massacrées en grand nombre. Si Jdrien n'avait pas réussi à faire évader le professeur, l'espèce aurait été en voie de disparition. La Guilde en avait tué des milliers, peut-être des centaines de milliers, et disposait désormais de stocks fantastiques. Même si la chasse ne fournissait plus rien, ces sauvages pourraient vivre fastueusement sur leurs réserves durant des décennies. Le Kid avait fait faire des études sur le massacre des baleines depuis des années et le chiffre serait tenu secret tant il était fantastique.

Le professeur Leyris vint le chercher au milieu du lagon à bord d'un petit canot électrique non polluant. Il fabriquait lui-même ses piles à partir d'éléments naturels. Toute la vie sur l'îlot était organisée de la plus écologique façon. Les oiseaux de mer revenaient et leur guano pouvait être exploité. La pêche était soigneusement contingentée ainsi que les différents élevages. Les cultures prospéraient et Leyris était surtout très fier de ses rizières à l'air libre et de ses champs de blé. Le Kid venait souvent passer un jour ou deux en sa compagnie, essayait de se convertir à cette façon de vivre, mais très vite il avait besoin de retrouver l'ambiance fiévreuse de Titan et surtout celle de Lacustra City. Là-bas les entreprises poussaient au rythme d'une par jour. On avait commencé par accepter les plus performantes, les plus propres, mais bientôt il faudrait songer à installer une zone industrielle moins agréable, pour les aciéries, les industries chimiques, les conserveries. Liensun pensait construire une plate-forme à trente kilomètres au nord, que relierait à la capitale une route très large avec quatre voies ferrées. On avait trouvé le moyen de transformer l'huile de phoque en certaines matières pouvant être modelées et utilisées à la place des matériaux composites. L'île du Titan s'avérant trop petite, une partie de la production du verre de silice serait transférée dans cette zone.

— Nous allons vous protéger, dit le Kid, car tôt ou tard la Guilde vous attaquera. Elle est fort occupée en Patagonie, mais comme elle ne rencontre guère de résistance, d'ici quelques mois elle cherchera quelque chose d'autre à avaler.

— Ça lui sera facile. Mais qu'entendez-vous par protéger ?

— Nous allons construire des vedettes rapides qui auront leur port d'attache dans l'atoll.

— Des diesels, je suppose ? Pour polluer ces eaux

pures où le krill se développe admirablement? Non, il faudra penser à autre chose.

— Un champ de mines?

— Les baleines sauteront dessus. La Guilde n'a pour l'instant que des bateaux. Il faudra donc les paralyser avant qu'ils n'abordent. Je vais étudier la question. Il suffirait par exemple de boucher les circuits de refroidissements ou d'échappement. Même un diesel a besoin de se libérer de ses gaz brûlés et on peut trouver des algues que ces gaz attireraient par exemple. Vous savez, avec des algues et des bactéries, on peut imaginer un système très efficace. Je préférerais que ce soit très écologique comme système défensif. Car bien entendu il n'est pas question pour Euphosia de devenir une base militaire d'où partiraient des attaques.

— Vous ne leur en voulez donc pas à ces Harponneurs, de vous avoir détenu durant si longtemps en vous obligeant à produire un krill qui, en attirant les baleines, les condamnait à une disparition prochaine?

— Je les déteste et je pense qu'ils resteront des barbares dans l'âme. Mais il ne sert à rien de les battre régulièrement comme vous l'avez fait au cours de ces dernières années. Chaque fois ils se redressent encore plus puissants, encore plus combatifs ; la preuve : jamais ils n'avaient réussi à conquérir un territoire et voilà qu'ils se répandent en Patagonie.

Ils discutèrent une partie de la nuit. Le Kid n'était pas convaincu par les propositions écologiques de Leyris, et continuait de penser qu'une surveillance discrète de l'îlot, soit par hydravion soit par bateau, allait devenir primordiale. Le seul ennui était qu'il faudrait éviter d'en avertir le professeur et d'opérer avec beaucoup de tact. Il comptait sur Jdrien qui se trouvait en Antarctique, pour prévenir assez longtemps à l'avance toute attaque nouvelle de la Guilde.

CHAPITRE XII

Immobilisé sur un viaduc branlant, le train présidentiel était en panne d'huile. Pour échapper au destroyer, le mécanicien avait dû donner toute la puissance, brûlant en quelques secondes les derniers litres de fuphoc. Yeuse avait cependant pu assister à l'affrontement entre le destroyer des Harponneurs et l'hydravion de Lien Rag. Son radio avait capté des échanges entre cet appareil et le dirigeable qui survolait les Andes à plus grande altitude, et il affirmait que le pilote de l'hydravion était bien Lien Rag, que ce dernier s'était présenté ainsi au commandant de bord de l'*Indépendance* qui n'était autre que Liensun.

Le destroyer avait été attaqué au moment où il s'apprêtait à tirer. Ses batteries de missiles avaient été en partie détruites, et l'engin blindé avait dû se mettre à l'abri du tunnel qu'il s'apprêtait à quitter. Lien Rag lui avait définitivement interdit la voie montante en détruisant la première arche du viaduc suivant.

Le radio l'informa que le commandant de l'*Indépendance* demandait à lui parler, et Yeuse reconnut avec un étrange frisson la voix du fils cadet de Lien Rag.

— Que faites-vous sur ce perchoir branlant bouffé par la rouille ? demanda le garçon, goguenard. De ma passerelle de pilotage je vois ce viaduc osciller dangereusement.

— Nous sommes en panne de carburant. Nous avons dû forcer les diesels pour échapper à nos poursuivants. Où se trouve votre père ?

— Il est allé se poser sur un plateau que je lui ai signalé de l'autre côté des crêtes, à une centaine de kilomètres. Nous pouvons vous ravitailler en huile de phoque. Le dirigeable va essayer de descendre dans cette vallée à condition qu'il n'y ait pas d'ascendances trop fortes.

— Je vous en remercie.

— Je vais me faire treuiller pour diriger la manœuvre, car avec ces oscillations ce ne sera pas facile. Nous allons vous fournir quelques litres d'huile pour vous permettre de gagner une zone moins dangereuse pour vous et pour nous. Au-delà du prochain tunnel la voie est sur une sorte de plateau où nous pourrons plus facilement vous ravitailler et faire vos pleins. Je crains que l'apport de deux à trois tonnes de poids supplémentaire sous forme de fuphoc ne vous déséquilibre totalement.

Yeuse reconnut que la tentative s'avérait délicate mais qu'elle ne pouvait espérer d'autres secours. Même El Condor ne pourrait jamais l'atteindre avec ses vieux engins de locomotion, à moins d'envoyer des porteurs avec chacun un bidon sur le dos.

— De combien avez-vous besoin pour effectuer les quelques kilomètres nécessaires ?

— Un instant, je me renseigne auprès des mécaniciens.

La réponse fut rapide :

— Au moins cinquante litres… Le temps de réamorcer les pompes qui sont asséchées.

— Nous allons treuiller deux jerricans en même temps que moi. Le dirigeable ne peut se maintenir dans ce coin sans prendre des risques. Notamment celui d'être plaqué contre la paroi occidentale.

— Que devons-nous faire ?

— Un instant. Comment envisagez-vous de payer ? fit-il d'une voix changée, lourde de sens et vide de la moindre ironie.

Yeuse resta interdite, se souvenant de leur dernière entrevue. Liensun lui avait dit avec une certaine brutalité qu'il la désirait.

— Trois tonnes de fuphoc représentent environ quinze cents dollars, non ? finit-elle par répondre.

— Ce n'est pas exactement la proposition que j'attendais. Je peux vous laisser pendue sur votre viaduc pourri... Comment expliquerez-vous à votre suite que par avarice vous les avez condamnés à une mort atroce ?

— Qu'appelez-vous avarice ?

— Vous refusez de payer le prix de ce sauvetage.

— Que direz-vous à votre père si vous nous abandonnez ?

— Laissez Lien Rag tranquille. Il a eu sa part de bonheur dans le temps. Pourquoi me refuser la mienne ?

— Vous me laissez froide et même quelque peu écœurée.

Liensun se tut et elle crut qu'il allait les abandonner. Il était capable de décisions brutales sans en évaluer les conséquences et elle faillit lui crier de l'excuser.

— Très bien, dit-il. Je vais me faire treuiller, préparez quinze cents dollars. Nous nous faisons payer à l'avance car nous sommes des commerçants avisés.

Elle se rendit en queue de train pour assister depuis le sas panoramique à l'opération. Le dirigeable descendait lentement et elle ne put s'empêcher de penser à un énorme oiseau de proie qui menaçait de s'abattre sur le petit convoi. Lorsqu'il fut entre cinquante et cent mètres, une trappe s'ouvrit, et l'homme accroché à son harnais commença de descendre en tournoyant légèrement. Au-dessus de lui étaient pendus deux jerricans. Le chef de train se préparait à sortir avec un des mécaniciens pour aider le garçon, mais celui-ci réussit à atteindre le viaduc juste derrière le train. Il détacha les deux jerricans, les déposa, salua vaguement de la main et se fit remonter dans l'*Indépendance*. Le mécanicien et Luis allèrent chercher les deux bidons pour les vider dans les réservoirs de la machine diesel.

Yeuse se sentait à la fois soulagée et agacée par le geste du garçon. Il n'avait même pas daigné venir la saluer. Elle avait préparé quinze cents dollars, se disposait dans un geste quelque peu théâtral à les lui tendre, mais il s'était montré plus malin qu'elle. Il disparaissait là-haut dans le ventre de son dirigeable qui, aussitôt, quittait cette zone de turbulences.

Le démarrage des diesels fut assez long. Le chef de train vint expliquer à Yeuse que dans leur carburant précédent, pompé en cours de route, il y avait beaucoup d'eau, que celle-ci, avec le refroidissement des moteurs, avait gelé dans les canalisations, que les mécaniciens étaient en train de la réchauffer mais que cela prendrait une petite heure.

Au bout d'un moment, la voix impatiente de Liensun lui parvint. Elle avait demandé au radio de bord de la mettre en contact direct avec l'*Indépendance* et de ne pas écouter lui-même les échanges. Sinon dans un temps record tout le train serait au courant de leurs étranges dialogues.

– Que faites-vous? Nous vous attendons pour la livraison suivante.

Elle le lui expliqua et il répondit que dans quelques instants ils devraient quitter le plateau car le vent y soufflait très fort.

– Si dans un quart d'heure vous n'apparaissez pas je devrais ordonner le départ. Mais si vous arrivez, je fais descendre quelques ancres chauffantes pour nous amarrer.

Au même instant un frémissement parcourut le convoi et elle put lui annoncer que les diesels venaient de démarrer. Plus tard elle apprit qu'un seul avait daigné tourner. Mais ce fut suffisant pour quitter enfin ce viaduc dangereux, au grand soulagement de tous. Dans les différents compartiments il y eut des applaudissements frénétiques.

Le plateau où le ravitaillement final se déroulerait était une sorte d'oasis dans l'hostilité générale de la cordillère. Dans le temps, une petite station avait même connu une certaine prospérité. Il en restait des carcasses de wagons brûlés, des ruines de serres d'élevage. Des Indiens y avaient vécu, récoltant le lichen dont ils nourrissaient les guanacos domestiques. Ces derniers produisaient lait, viande et laine. Ce lama de petite taille, très rustique, pouvait survivre dans des températures très basses.

Liensun se fit treuiller en même temps que la manche

souple de ravitaillement en fuphoc. Le dirigeable, malgré ses ancres, bougeait beaucoup et il fallait une force peu commune pour maîtriser ce tuyau en caoutchouc armé. Les mécaniciens et Luis, accourus pour prêter main-forte au garçon, furent même balayés d'un coup par l'extrémité de la manche à laquelle Liensun resta accroché. On le fit se balancer au-dessus du convoi dans une position périlleuse, avant de réussir à accrocher ses pieds à la rambarde très courte de la machine diesel. Ensuite il put adapter le tuyau aux réservoirs et l'envoi du carburant commença.

Yeuse crut qu'il ne viendrait pas jusqu'à elle et se préparait à enfiler sa combinaison isotherme lorsqu'il frappa à la porte de son compartiment. Elle enfila une robe de chambre, alla lui ouvrir, certaine qu'il allait se méprendre.

— Oh! fit-il, vous voilà enfin décidée à m'offrir un prix suffisant pour les trois tonnes que nous allons déverser dans vos soutes.

— Ecoutez...

Les dollars étaient dans ses vêtements d'intérieur. Elle ne pensait plus qu'à cette liasse tandis qu'il s'approchait. Il avança ses mains pour défaire la ceinture de son peignoir.

— Vous vous méprenez, dit-elle. Il n'a jamais été dans mes intentions de payer de la sorte.

— Non, vraiment? Je suis sûr que vous en mourez d'envie. Vous avez eu deux Ragus ; Jdrien le sauvage et Lien le patriarche, pourquoi pas Liensun le voyou, celui qui fait fureur parmi les dames mûres? Souvenez-vous d'Ann Suba et de quelques autres qui ne résistent pas à mon air d'enfant pervers...

— Sortez...

Il avait défait son peignoir, ouvrait les deux pans sur une petite chemise autoréchauffante qu'elle portait toujours pour sortir mais qui lui arrivait en haut des cuisses. Il avait les mains glacées, la faisait sursauter mais elle le laissait faire et jamais ne réussirait à expliquer pourquoi elle resta plaquée contre la cloison, aussi passive, sans même essayer de le repousser, de le griffer, de lui cracher au visage. Tout ce qu'elle trouva pour se justifier c'est qu'elle se refusa à l'étreindre, à le serrer contre elle tandis qu'il la pénétrait rapidement. Et aussi le fait qu'elle n'éprouva qu'une jouissance vague. Pourtant elle regretta qu'il se retire si vite, et s'éloigne d'elle la laissant complètement désemparée.

Il avait quitté le train lorsqu'elle réapparut en combinaison Symmons pour surveiller l'opération. Luis lui dit que le carburant était complètement pompé. Liensun communiquait avec son second à l'aide d'une radio portative. Il attacha son harnais et s'envola en même temps que la manche de ravitaillement. Yeuse retourna dans son compartiment, encore incrédule sur ce qui venait de se passer en moins de deux ou trois minutes. Il n'en restait que cette humidité froide entre ses cuisses. Non, elle n'avait pas trouvé là une façon de se faire un allié de ce garçon, non elle ne l'avait pas vraiment désiré et d'ailleurs n'en avait retiré aucun plaisir. Alors quoi ?

— Nous arrivons dans le domaine d'El Condor, lui dit-on.

CHAPITRE XIII

Le *Princess* avait croisé le *Rewa* commandé par Manister qui lui annonça que les abords de Lacustra City devenaient très dangereux d'approche à cause des fleuves qui se jetaient dans la mer de Chine, le Yang Tsé Kiang mais aussi le Si Kiang.

– Soyez très vigilante. Les radeaux de bois risquent de subir d'importants dommages. Pour bien faire il faudrait les démonter à distance des côtes afin de leur éviter une dislocation brutale.

Les tsunamis prévus n'allaient par arranger cet état de choses, pensait-elle, et elle se demandait si la cité lacustre supporterait le choc de la montée des eaux. Avait-on bien calculé la hauteur des pilotis ? Liensun, dans son enthousiasme fou, ne s'était-il pas laissé bercer de données trop optimistes ? Il s'était entouré d'une équipe de techniciens et de scientifiques excellents, mais qui aurait pu prévoir la sauvage manifestation des fleuves ? On avait surtout attendu la fureur des mers et des océans, et c'était l'eau douce qui devenait dangereuse, l'eau qui sourdait de millions de points de fonte pour former des ruisseaux, des torrents et surtout des fleuves comme jamais on n'en avait vu depuis les débuts de l'histoire humaine.

On ne pouvait plus emprunter la mer du Japon à cause de l'Amour qui se jetait dans le détroit de Tatarie. On disait que l'île de Sakhaline était en partie submergée et de toute façon inaccessible, que les populations avaient dû se réfugier sur les hauteurs.

— Icebergs... Avec un s, annonça l'homme du radar. Je compte une vingtaine d'échos et certains sont énormes. Il faut filer droit au sud.

Le voyage allait s'allonger d'un bon tiers. Elle avait les soutes pleines en prévision mais se demandait si son vieux cargo résisterait aux assauts d'une mer démontée. Pour rejoindre Lacustra City, le *Princess* emprunterait forcément un chenal, soit celui qui existait entre la côte chinoise et l'ancienne île de Formose, soit celui qui s'était ouvert entre Formose et l'une des îles des Philippines. L'île de Luçon, d'après ses cartes anciennes. Là, une fois la banquise disparue, les eaux étaient assez calmes, mais le détroit de Formose était plus court.

La navigation entre les icebergs fut un véritable cauchemar et leur fit perdre une demi-journée. Il fallait souvent stopper, faire machine arrière pour laisser passer un de ces monstres imperturbables qui naviguaient vers le sud-est. On ne savait jamais sur quelle distance s'étendait leur plate-forme sous-marine. Celle-ci pouvait les précéder d'un kilomètre pour les plus importants. D'autres, par contre, avaient une approche très franche, paraissaient avoir été découpés au couteau dans un glacier.

Ce fut le répit de l'océan libre pour quelques jours mais elle restait soucieuse pour les radeaux. Ceux-ci courraient moins de risques avec les icebergs, et même parfois ils s'y amarraient pour se laisser emporter vers le sud, mais elle connaissait les équipes qui les montaient. Toutes composées de gaillards tonitruants et bravaches qui organisaient des paris entre eux, des paris mettant en jeu de fortes sommes. Celui qui atteignait le premier Lacustra City parmi les radeaux pouvait recevoir des milliers de dollars, et ils prenaient donc des risques insensés. Elle était certaine qu'ils emprunteraient la mer du Japon malgré l'interdiction qui leur en avait été faite, qu'ils passeraient dans le détroit de Formose, donc qu'ils devraient auparavant affronter les remous du Fleuve Bleu.

Les dirigeables se trouvaient tous en Panaméricaine, exactement en Patagonie où Yeuse venait de quitter sa capitale de Magellan Station. Ils étaient tous là-bas pour la secourir, abandonnant totalement les activités de Lacustra City. Elle n'était pas jalouse, mais estimait que Yeuse avait pris le risque de devenir P.-D.G. de la plus grande Compagnie ferroviaire et qu'elle devait en tirer les conséquences seule.

Elle se demanda si elle ne devrait pas débarquer son chargement en Nemicie, mais elle craignait que le réseau nord-sud entre la petite Compagnie et Tcheou Voksal ne soit coupé par le Si Kiang et d'autres fleuves.

Zabel vint la remplacer aux commandes, mais elle n'avait pas envie de se coucher alors qu'après dix jours de navigation on allait aborder la région des pires dangers. Elle était nerveuse, irritée contre tout le monde, et surtout contre Zabel qui n'avait pas à son avis un comportement bien sain avec son fils Gdami. Bien sûr le garçon métissé de Roux avait une précocité virile différente des enfants du Chaud. Elle savait que, dès leurs cinq six ans, les enfants du Peuple du Froid pouvaient entretenir des relations sexuelles, mais elle n'aimait pas imaginer son propre fils en train de faire l'amour avec Zabel. Celle-ci était depuis longtemps fascinée par l'enfant. Farnelle la créditait, du moins dans les débuts de son adoration pour Gdami, d'un violent besoin maternel un peux frustré, mais depuis quelque temps il s'agissait d'autre chose, elle en était certaine, et cela la gênait, l'irritait, elle ne savait comment en finir avec cet état de choses. Zabel était son amie depuis des années, ensemble elles avaient partagé des aventures dangereuses, subi des événements inquiétants sans que jamais il y ait la moindre brouille entre elles. Gdami approchait des douze ans et avait la carrure d'un adolescent de quinze à seize ans. Devait-elle laisser faire la nature ou lui fallait-il mettre un terme à cette relation qui lui paraissait anormale ?

– Va te coucher, lui dit Zabel. Tu n'en peux plus.

Farnelle lui jeta un regard noir :

– Et toi, tu te crois plus fraîche ? On dirait que tu n'as pas fermé l'œil de la nuit.

Son amie blêmit et prit la barre sans dire un mot.

Gdami était insatiable, l'assaillait même durant son sommeil alors qu'elle ne pouvait plus répondre à son désir. Elle était malheureuse de trahir Farnelle, mais lorsque le garçon la rejoignait dans sa cabine et se dénudait, elle ne pouvait résister, oubliait ses scrupules, son amitié pour la mère, ne voyait qu'un jeune homme d'une merveilleuse beauté. Chez lui le métissage différait de celui que l'on trouvait habituellement chez d'autres individus ayant un parent Roux. Gdami avait une fourrure très courte qui montait de ses pieds en s'épaississant un peu à hauteur du ventre, mais qui ne le gainait que jusqu'à la taille. Au-dessus, il avait une peau blanche, nacrée, très douce, mais sa fourrure aussi était douce, aux senteurs un peu animales. Son sexe possédait ce fourreau des Roux, sorte d'étui pénien qui la bouleversait. Aucun Homme du Chaud n'aurait pu la rendre aussi heureuse et elle ne songeait pas seulement au plaisir physique. Gdami était très gai, très espiègle dans l'amour, et ensuite il pouvait s'endormir d'un coup tel un enfant, pour se réveiller une demi-heure plus tard à nouveau prêt à l'assaillir.

— Tu devrais dormir seule, lui lança Farnelle.

Zabel accepta la tasse de thé que lui apportait le steward qui s'occupait de la passerelle, la but avant de répondre :

— Tu ne me pardonnes pas de partager ma couchette.

— Tu fais ce que tu veux avec les hommes. Mais je veux que tu sois à ton poste dans un état de santé parfaite. Nous ne naviguons pas dans une mer tranquille, figure-toi, mais sur un océan qui subit toutes les agressions, celles du vent, celles des fleuves, des tsunamis, des icebergs et j'en passe... Je te veux vigilante et non à moitié démolie par la folie de tes aventures.

— Je ne reçois pas des hommes mais ton fils Gdami. Tu me considères comme une femme sans morale capable de débaucher un enfant, mais je te jure que j'ai résisté des années. Souviens-toi lorsqu'il me regardait en... avec une érection très visible, tu riais... Moi je ne riais pas, et puis c'est arrivé un jour... Je suis très attachée à lui et pas seulement parce qu'il me satisfait sur le plan physique... Je l'aime... C'est absurde mais c'est ainsi. Je sais que j'ai quinze ans de plus que lui mais je préfère ne pas y penser.

Farnelle regardait cette silhouette de femme qui lui était familière, revêtue d'une de ces combinaisons nouvelles qu'une entreprise de Lacustra City mettait sur le marché. Faite d'un tissu spécial qui évacuait la transpiration tout en maintenant une bonne température du corps, elle permettait d'être moins engoncée qu'autrefois. Zabel avait un joli corps de femme déjà bien accomplie et ne cachait aucun de ses avantages féminins. Elle avait souvent surpris le regard des marins sur les reins ou les seins de son commandant en second. Ces hommes-là devaient se sentir frustrés qu'un gamin de douze ans soit le seul bénéficiaire de cette beauté.

– C'est aberrant.

Ce fut tout ce qu'elle trouva à dire avant de quitter la passerelle. Dans sa cabine elle se servit un grand verre d'alcool et l'avala d'un trait. Elle se trouvait très vieille d'un coup, très seule face à ce couple hétéroclite qui pourtant paraissait fortement uni.

CHAPITRE XIV

Pendant deux jours, l'hydravion dut attendre sur ce haut plateau de la cordillère des Andes que l'*Omnium du Pacifique* soit allé se ravitailler en huile de phoque au large des côtes chiliennes. On passa le temps à faire un entraînement des commandos sur la glace et à une altitude de quatre mille mètres qui accroissaient la fatigue des hommes. Benfield ne perdait pas une seule minute de son temps à baguenauder, mais voulait que son bataillon de la Manu soit constamment en état de combattre.

Le territoire du Condor se trouvait à une centaine de kilomètres au nord-est de ce plateau, et Lien Rag trouvait curieux que son fils Liensun n'ait pas repéré un autre endroit plus rapproché où l'appareil aurait pu se poser. Il avait maintenant l'impression que Liensun avait voulu l'éloigner de Santa Maria del Corazon, sans qu'il puisse s'expliquer la raison de cette volonté.

L'huile était encore suffisante pour entretenir les moteurs dans une température de quelques degrés, et pour qu'à bord la vie reste confortable. L'*Omnium* réapparut au bout de quarante-neuf heures et le ravitaillement en fuphoc put commencer sous une violente tempête de neige. Ann Suba accepta de rechercher pour Lien Rag un autre terrain d'atterrissage proche de Santa Maria del Corazon, dans le cas où le train de la présidente y stationnerait, mais lorsque la tempête cessa et que l'hydravion fut prêt à décoller, un message radio d'Ann Suba l'avertit que le train de Yeuse descendait vers le Pacifique, et se dirigeait vers la grande station ferroviaire de Chiloe. Lien Rag, sur une carte de jadis, apprit qu'il s'agissait d'une île encore sous l'emprise de la banquise pour le moment, et que les habitants y étaient restés fidèles à Lady Yeuse. Il y avait là-bas plusieurs possibilités pour atterrir et il décida de s'y rendre. Yeuse atteindrait cette station dans une dizaine d'heures. L'*Indépendance*, pour sa part, venait d'annoncer qu'après s'être ravitaillé auprès de l'*Iceberg-Ship* il rentrerait à Lacustra City. Etrange que Liensun ait pris cette décision sans lui en avoir parlé, et sans qu'ils aient discuté ensemble avec Yeuse de son avenir. Si elle était décidée à abandonner la Panaméricaine, il faudrait tout de même que les principaux associés de Lacustra City, donc de l'Omnium du Pacifique, se réunissent pour décider ce qu'elle deviendrait au sein de la société. Lien Rag souhaitait qu'elle s'occupe de l'avenir culturel de Lacustra City, qu'elle recommence avec cette nouvelle ville ce qu'elle avait si bien réussi avec Kaménépolis. Il avait l'impression que Liensun se méfiait de ce qui était littérature, cinéma, télévision, opéra, musique en général, théâtre et danse, qu'il ne pensait qu'aux investissements économiques et financiers.

L'hydravion se posa à moins d'un kilomètre de la vieille cité et très vite des draisines de curieux apparurent, tandis que Benfield installait un cordon de protection autour de l'appareil. Le chef de station se présenta, un certain Longuevia, qui affirma que des éléments incontrôlés avaient essayé de s'emparer de la cité. Il avait heureusement à sa disposition un fort contingent de la Manu qui avait soutenu quelques combats sur les quais.

— Nous avons arrêté une cinquantaine de personnes qui avaient pris les armes au nom d'une république patagonienne libre, alliée à l'ancienne Province de l'Antarctique. Nous pensons que des commandos ont été débarqués dans le sud et ont réussi à pénétrer dans la station. Nos réseaux fonctionnent toujours avec les stations les plus australes, sauf Punta Arenas.

— Et vers le nord ? demanda Benfield.

— Nous allons jusqu'à la côte du Mexique. Le ravitaillement en huile de phoque nous arrive assez régulièrement malgré quelques ennuis sur les voies. Il faudrait reconstruire un réseau plus à l'est, à flanc de montagne, mais cela poserait d'énormes problèmes d'implantation.

Le train présidentiel fut accueilli par de telles démonstrations de joie d'une foule énorme qu'il put difficilement accéder aux quais d'honneur. Yeuse dut se tenir constamment à l'arrière panoramique et accepter les cadeaux de toute une population en liesse. Des fleurs de serres mais aussi des poulets vivants, des petits guanacos, des agneaux, des gâteaux et des crêpes de maïs. On ne savait plus que faire de toutes ces provisions. Les gens escaladaient la machine, les wagons, et ce furent des grappes entières qui accompagnèrent le convoi. Le chef de station expliquait à la présidente que les gens détestaient les Harponneurs qui détournaient depuis des années les baleines à leur seul profit.

— Ici nous la chassons depuis des siècles sans que cela nécessite des installations ruineuses. Nous allions les chercher sur la banquise à bord de draisines de chasse et nous les remorquions ensuite pour les transporter à l'usine locale. Depuis que la banquise a fondu, elles venaient de plus en plus près des côtes et nos compatriotes avaient alors fabriqué des sortes de radeaux pour les chasser. Et puis elles ont disparu en quelques mois. On se demandait pourquoi, lorsque nous avons appris par la suite que la Guilde des Harponneurs les piégeait pour elle seule dans un port de l'Antarctique. Depuis nous avons connu des périodes très difficiles. Les gens ont dû se reporter sur l'élevage du mouton et du guanaco. Mais ce sont surtout des chasseurs de baleines.

Lien Rag la rejoignit plus tard alors qu'une foule toujours aussi démonstrative assiégeait le train officiel. On avait dû prévoir de la nourriture et des boissons chaudes pour ces gens-là, et les cadeaux offerts servaient à garnir des buffets en plein air. Le chef de station, Longuevia, avait fait apporter de la bière locale et l'on commençait à danser sur tous les quais environnants.

Yeuse en présence de Lien Rag parut fortement gênée.

— Comment Liensun a-t-il pu brusquement décidé de rentrer à Lacustra City, en connais-tu la raison ?

De plus en plus mal à l'aise, elle raconta comment l'*Indépendance* avait ravitaillé son train en deux fois, pour éviter que le viaduc où il stationnait en panne de carburant ne s'effondre.

— Nous avons ensuite gagné le territoire du Condor qui nous a ravitaillés en vivres. Lui est bien décidé à s'opposer au passage des Harponneurs et il a déjà reçu des réfugiés qui fuient les nouveaux maîtres de la Patagonie orientale.

— Que s'est-il passé entre mon fils et toi ? Vous vous êtes disputés ? Je le connais, il est impulsif, arrogant, se croit parfois le seul à avoir de bonnes idées.

— Il s'est fait treuiller deux fois... Pour diriger la manœuvre qui était délicate.

— Que vous êtes-vous raconté ?

— Pas grand-chose... Peut-être était-il agacé de venir à mon secours, pressé de retrouver son énorme projet de là-bas à l'ouest...

— Vous avez discuté de votre avenir dans Lacustra City ? Je voudrais bien que tu en fasses un nouveau Kaménépolis.

Yeuse frissonna à la pensée de se retrouver sous la coupe de Liensun qui était le maître incontesté de cette cité nouvelle.

— Mon avenir, fit-elle avec un drôle de sourire, mais ne vois-tu pas qu'il est ici au milieu de ces milliers de braves gens qui comptent sur moi pour les aider à combattre les Harponneurs ?

CHAPITRE XV

— Je l'ai déjà dit, criait Gus, je ne veux pas que Grathe pénètre dans cette salle de contrôles. Qu'elle se contente de la cuisine, de ta cabine et des autres pièces, mais ici je n'en veux pas, c'est clair ?

— Tu es bien sévère... Grathe est simplement avide de découvrir le niveau dans lequel nous vivons. Avec le père Faro et les membres de la secte ce n'est pas la même chose. Ces gens-là vivent dans une sorte de civilisation primitive à base de religiosité exacerbée, de superstitions terrifiantes, sous la domination absolue d'un fou qui se réserve le droit à la sexualité. Pour lui seul les éléments jeunes et beaux de la bande, les autres sont voués à l'abstinence ou à l'onanisme. Il les fait surveiller étroitement pour empêcher tout rapport hétéro ou homosexuel. Ici Grathe a l'impression de mieux respirer, et la liberté d'aller et de venir, de faire à peu près tout ce qui lui plaît n'a plus de limite. Voilà la raison de ces visites dans cette salle. Mais je lui ferai la leçon. Où en es-tu de tes recherches ?

Il faisait allusion à cette échéance proche où le Bulb, leur satellite vivant, se détacherait de son orbite géostationnaire pour accompagner ses compagnons dans l'espace, vers les terrains de chasse où il avait toujours vécu. Une fois là-bas, son agonie serait très avancée et ses amis le précipiteraient dans un des fameux trous noirs.

Isaie brancha plusieurs écrans et soupira :

— Ils sont toujours là, ses copains. Quand ont-ils décidé de s'en aller avec lui, le sais-tu ?

— Je ne suis pas parvenu à le savoir. Le Bulb me raconte son histoire et celle des humains qui parasitaient son corps.

— Avons-nous quelque chance d'échapper à ce terrible destin de finir en même temps que lui ?

Gus ne répondit pas tout de suite. Il n'avait pas réussi à deviner l'instant précis où le Bulb, aidé en cela par ses amis, parviendrait à échapper à l'attraction terrestre pour plonger dans l'hyperespace. Il n'y avait plus rien désormais de scientifique dans son comportement. Sa décision serait subjective et ne ferait appel qu'à ses certitudes personnelles. Quand il se sentirait prêt pour un long voyage de retour, il prendrait sa décision.

— Il nous faudrait un psychologue doublé d'un psychanalyste, dit-il. La décision appartient au moi profond de notre ami et nous ne pourrons pas la calculer.

— Il existe des sondes pour étudier les pulsions et le subconscient. Nous pourrions les mettre en place sans que le satellite se doute de quoi que ce soit.

— Seraient-elles fiables ?

— Je ne peux le garantir à cent pour cent, mais nous pourrions avoir des avertissements.

— Et vivre constamment sur le qui-vive ?

— En ce moment nous ne sommes peut-être pas assez vigilants. Un matin, enfin à la fin d'une durée de sommeil, nous pouvons nous retrouver en train de filer vers ces « fameux terrains de chasse » dont il parle si souvent. A une vitesse inimaginable…

— Pas assez vigilants, ricana Gus. Quand tu t'enfermes pour forniquer à ton aise avec cette créature.

— Ne pourrais-tu pas lui donner son nom ? Tu es vraiment méprisant.

— Elle me met mal à l'aise, si tu veux le savoir. Mais c'est ton affaire. Tu aurais dû en ramener une de plus séduisante au lieu de choisir celle qui avait le regard le plus vicieux.

— Tu regrettes Thresa, ricana Isaie. La bonne grosse pouffiasse grivoise qui n'avait aucune grâce, aucune réserve. Moi j'aime le mystère, la perversité que l'on devine dans un regard. Tu as vu juste. Tout était dans le regard de Grathe quand je l'ai rencontrée et lui ai demandé de m'accompagner. La secte de Faro lui devenait insupportable, et son projet était dc filer chez les primitifs des bas-fonds. Tu imagines son bonheur quand je lui ai proposé de venir ici.

Gus n'avait pas envie de continuer à parler de Grathe. Il avait autre chose à faire, mais le petit docteur devenait lyrique, racontait le plaisir qu'il avait de dormir avec sa conquête, mais sans préciser la nature exacte de leurs rapports amoureux. Il finit par avouer qu'il préférait que son ami Gus méprise Grathe, car il n'aurait accepté aucun partage.

— Tu vois la différence? Pour Thresa j'éprouvais même de la satisfaction quand tu couchais avec elle, quand tu la prenais devant moi, quand vous vous caressiez dans la moindre gêne. Donc je ne l'aimais pas et je devenais voyeur pour mieux la mépriser, pour me répéter que c'était une salope dont on pouvait abuser sans s'y attacher. Elle ne savait même pas faire une cuisine correcte avec tous ces bons produits que l'on trouve en abondance ici, et elle buvait trop. Là-bas c'est le régime sec mais elle s'en fout, pourvu que ce bouc de Faro la soumette jour et nuit à ses désirs les plus immondes. Grathe m'a raconté jusqu'où la lubricité de ce faux prophète pouvait aller et je te jure que…

— Je n'ai pas envie de savoir ces choses-là, dit Gus. Maintenant ou tu participes à mes recherches, ou bien tu me laisses…

— Il faut que j'aille faire prendre un bain à Grathe. Si je n'y veille pas, rien à faire. L'eau lui fait peur. Chez Faro ils ne se lavent jamais et tous sont abominablement crasseux. Ça pue là-bas.

Il finit par s'en aller au grand soulagement de Gus qui recontacta le Bulb, mais ce dernier ne daigna pas répondre. Gus commuta différents détecteurs et comprit que le Bulb était en grande conversation télépathique avec les siens. Ces dialogues impliquaient une forte dépense d'énergie que le Bulb ne pouvait plus puiser dans ses propres réserves. Il devait donc faire appel à la centrale nucléaire du satellite, et Gus pouvait contrôler le débit du courant nécessaire pour cet effort énorme du cerveau de l'animal de l'espace.

Il aurait aimé que ce contrôle aille plus loin et que les ondes mentales du Bulb puissent être enregistrées et décryptées, mais il n'avait jamais trouvé un appareil capable de lui rendre ce service. L'arrivée des autres Bulbs était assez récente et pouvait se compter en mois terriens, jusque-là l'animal de l'espace n'avait jamais eu besoin de communiquer avec des êtres à l'extérieur. Les Ophiuchusiens n'avaient peut-être même pas eu conscience que leur proie pouvait ainsi parler avec le reste de sa tribu. Il était trop tard pour essayer de bricoler quelque chose, mais c'était pourtant la seule chance pour Isaie et lui de connaître assez tôt l'instant choisi pour l'abandon de l'orbite géostationnaire.

En attendant que le Bulb veuille bien dialoguer avec lui, il continua ses recherches sur la spirale qui leur permettraient de ne pas flamber dans l'espace. Il aurait voulu contrôler ses pensées, les empêcher de s'échapper en rayonnement mental capable de parvenir jusqu'au cerveau de l'un des Bulbs.

Une heure plus tard l'écran clignota et il brancha son clavier :

— Bonjour... Vous discutiez avec vos amis de l'extérieur je suppose?

— Comment le savez-vous? s'inquiéta le Bulb.

— Oh, je m'en suis simplement douté. Vous devez avoir un mode de communication spécial... Mais j'ignore lequel.

— Nous pouvons converser à distance, dit simplement le Bulb.

— Parlez-vous de moi? demanda Gus avec une fausse coquetterie.

— Quelquefois, effectivement. Mes amis sont surpris que j'abrite tant de parasites... Je leur dit que parmi ces parasites certains sont dignes d'intérêt, et je leur explique que grâce à vous et au petit docteur Isaie j'ai pu bénéficier d'un certain répit dans le processus de ma maladie et que je ne souffre pratiquement plus. Ils en sont surpris. Pour eux les Terriens qu'ils ont autrefois aperçus sur Ophiuchus IV ne leur paraissent pas vraiment intéressants. Ils ne comprennent pas que je puisse m'intéresser à vous qui appartenez à la race qui a réussi à me réduire en esclavage.

— Je n'y suis pour rien.

— Je le leur ait dit mais ils ne m'écoutent pas. Ils ont hâte de quitter cette partie de l'espace pour retourner dans nos prairies ou paissent les saus. Ils craignent que les Terriens ne recommencent avec eux leur opération précédente et ne fassent d'eux des satellites hybrides. Ils se réjouissent à la pensée que mon départ entraînera une disparition rapide des couches de poussières lunaires. Il n'y aura plus que de gros amas qui finiront à la longue par se résoudre. Ils espèrent que cet accroissement du réchauffement sera fatal aux Terriens. Leur Soleil apparaîtra alors dans toute sa virulence et risque de les brûler tous.

CHAPITRE XVI

A bout d'arguments, Lien Rag déclara brutalement qu'il ne pouvait rester avec son hydravion pour l'aider à conserver le pouvoir sur les débris de la puissante et ex-Compagnie Panaméricaine. Il lui fallait rejoindre l'île aux Phoques, poursuivre son action avec l'Omnium du Pacifique.

— Je ne te demande rien, dit Yeuse avec hauteur. J'ai décidé de résister aux Harponneurs et je le ferai. Nous allons organiser des lignes de défense sur la cordillère des Andes. Nous avons là-bas des gens qui ne craignent ni l'altitude ni le froid, alors que les hommes de la Guilde sont plus fragiles de ce côté-là. Nous disposons de toute la façade occidentale de la Patagonie, la plus riche en quelque sorte. Nous avons des mines, des élevages, des ports qui commencent à fonctionner. Tu nous dois un *iceberg-ship* qui nous ravitaillera, et nous allons essayer de construire des bateaux. Les plus petits pour commencer, pour aller reprendre l'île de Pâques aux Harponneurs.

— Tu es sûre qu'ils l'occupent?

— Nous en avons la certitude depuis qu'un groupe d'autochtones a réussi à fuir de là-bas à bord d'un îlot de glace à la dérive. Grâce au courant froid du Pérou, ils ont fini par aborder sur nos côtes après des semaines de navigation non contrôlée. Ils étaient à bout de forces. Partis soixante-treize, ils se sont retrouvés trente-quatre survivants. Les Harponneurs ont pu débarquer grâce à un cargo qui doit appartenir au Consortium des Bonzes. Vous n'avez pas l'air de surveiller leur construction, toi et tes amis de l'Omnium, mais il paraît que désormais une vingtaine seraient en train de naviguer et qu'ils vont se ravitailler clandestinement en Antarctique en empruntant des itinéraires divers. J'ai aussi un hydravion en commande, mais je ne trouve personne pour aller suivre un stage de pilote dans l'école d'Ann Suba.

L'*Omnium* venait de se poser à quelque distance de Chiloe Station mais à proximité d'une voie ferrée, et la directrice de la Manufacture Kurts allait arriver d'un moment à l'autre. Yeuse comptait sur elle pour lui trouver un pilote. Elle souhaitait aussi un dirigeable, mais la formation du personnel nécessaire était longue et coûteuse, impliquait des volontaires que l'on ne trouvait pas dans ce pays.

— Je vais me retirer avec mon hydravion, Ann Suba repartira avec son dirigeable, que peux-tu espérer des moyens terrestres qu'il te reste ? Les lignes qui se dirigent vers la cordillère sont vétustes et ne peuvent acheminer tout le matériel utile. Pour combattre les Harponneurs qui disposent d'un armement redoutable, il te faudra trouver l'équivalent. Ils risquent de débarquer sur les côtes, peu empressés d'aller combattre dans la cordillère.

— Tu voudrais que je démissionne, que j'abandonne ces pauvres gens qui me font confiance ?

Lien Rag eut un sourire assez contraint :

— Aujourd'hui ils t'acclament, mais demain ils porteront en triomphe n'importe quel chef Harponneur qui saura leur parler...

— Ils détestent la Guilde.

— La Guilde peut leur promettre monts et merveilles... De plus les baleines vont revenir car la Guilde ne peut plus les attirer dans l'Antarctique après les dommages qu'elle a subis. Le professeur Leyris fabrique lui aussi du plancton, et elles commencent à changer de lieu de séjour. Elles finiront par revenir et le ressentiment des Patagoniens contre la Guilde s'estompera. Il vaut mieux que tu abandonnes tout, que tu te joignes à nous qui sommes prêts à te faire une place honorable au sein de notre association.

— C'est trop tard, dit-elle.

On introduisait Ann Suba qui portait une des nouvelles combinaisons fabriquées à Lacustra City, d'un bleu léger. Sur le côté gauche de la poitrine il y avait écrit « Manufacture Kurts ». Les deux femmes s'embrassèrent. Lorsque Lien Rag, avec une certaine amertume, raconta à la physicienne que Yeuse refusait d'abdiquer, celle-ci ne dit rien. Elle continua de boire son thé en regardant la patronne de la Panaméricaine avec sympathie.

— Il faudra l'aider, dit-elle.

— Je ne peux engager l'Omnium dans une telle aventure, répondit sèchement Lien Rag. D'ailleurs Liensun, notre principal associé, est retourné avec son dirigeable sur le chantier de notre nouveau pays. Il a jugé que la situation était désespérée.

— Moi je m'engage, dit Ann Suba. Je fournirai des hydravions et des pilotes. Trois pour commencer, le double dans six mois. J'ai réfléchi à la question. Si nous abandonnons le sud de la Patagonie nous sommes perdus. Les Harponneurs en deviendront maîtres et les bonzes auront donc toute possibilité de commercer avec eux. Dans moins d'un an l'île aux Phoques sera entre leurs mains.

— L'île aux Phoques est en train de disparaître peu à peu. Nous ne l'exploiterons que deux ou trois ans encore, et peut-être suis-je trop optimiste.

— Il faudra bien que ces millions d'éléphants de mer aillent quelque part. Ils vont descendre vers le sud, vers les côtes proches d'ici où le poisson abonde et où ils trouveront des plages tranquilles. Nous devrons bien les accompagner. L'exploitation des baleines ne pourra pas commencer immédiatement là-bas, dans les atolls du Pacifique du sud-ouest. Le professeur Leyris s'y opposera. Donc il nous faut de l'huile de phoque et c'est ici qu'elle se trouvera avant cinq ans.

— N'oublie pas que ta manufacture est partie intégrante de l'Omnium du Pacifique, et que tu nous dois les capitaux, le matériel. Nous pouvons nous opposer à ce que trois appareils soient détachés ici.

— Vous avez la manufacture et le reste, mais mon savoir-faire ne vous appartient pas. Je peux très bien m'exiler ici et tout recommencer à zéro. On trouvera les matériaux nécessaires, nous fabriquerons des moteurs. Nous allions le faire il n'y a pas si longtemps en Panaméricaine. Les ingénieurs sont dans l'île aux Phoques, mais je peux les faire venir ici. Il y en a au nord qu'on peut récupérer.

Lien Rag la connaissait assez pour savoir qu'elle était fort capable d'aller au bout de sa menace. Il allait falloir composer. La manufacture était l'âme vive de Lacustra City, l'entreprise qui employait le plus de personnel de haut niveau technique, le genre d'industrie que l'on souhaitait vivement attirer là-bas. Autour d'elle s'étaient greffées des tas de petites entreprises sous-traitantes et le rayonnement de la Kurts en Australasienne était de plus en plus sensible, au point que des ingénieurs de la manufacture de dirigeables des bonzes posaient leur candidature à Lacustra City.

— Nous devons en discuter en conseil d'associés, mais je vois mal comment on peut défendre cette région. La côte est longue de plusieurs milliers de kilomètres, comment empêcher le débarquement de la Guilde ?

— Plus de six mille kilomètres, précisa Yeuse. Toutefois avec des patrouilles aériennes on doit y arriver.

CHAPITRE XVII

Quarante-cinq heures de vol en dirigeable ne purent atténuer l'irritation de Liensun. Il était furieux contre lui-même et contre Yeuse, contre son père... Il ne parvenait pas à se justifier et c'était ce qui le rendait hargneux. Il regrettait de s'être comporté comme un soudard avec Yeuse. Il ne l'avait pas violée, certes, mais il l'avait pratiquement forcée à accepter cette union physique brève et brutale. Debout contre la cloison de son compartiment, comme avec une prostituée que l'on aurait rencontrée au coin d'un quai et qui n'aurait mérité qu'un coït de ce type, juste pour se briser les nerfs, juste un besoin naturel aussi banal que les autres. Rien qui ressemblât même à de l'érotisme ou encore moins à de l'amour. Yeuse le fascinait, l'attirait. Il rêvait qu'il lui faisait l'amour avec des raffinements délicats, et tout ce qu'il trouvait de mieux c'était de la plaquer contre une cloison. Et il avait abandonné son père en plein plateau andin pour cela. Laissant à l'*Omnium* d'Ann Suba le soin de ravitailler l'hydravion. Il avait fui comme un gosse qui a fait une sottise, pour se retrouver ici sur ce chantier où l'absence des deux dirigeables s'était fait cruellement sentir.

Il fit une reconnaissance sur la route de Tcheou Voksal et vit que les trains y circulaient désormais. Mais pour quelles marchandises, puisque l'océan Pacifique interdisait tout débarquement ? Les remous étaient fantastiques et, désormais, les extrémités de la plate-forme côté mer étaient impraticables. Le *Princess* de Farnelle avait dû se dérouter sur Rock Station en Nemicie, pour décharger le bois, et les radeaux n'avaient donné aucune nouvelle. Ils s'étaient obstinés à traverser la mer du Japon qui était infiniment dangereuse.

Il finit par débarquer et se rendit dans les bureaux des architectes constructeurs de Lacustra City. Les bureaux bourdonnaient des voix de dizaines de techniciens qui, au fur et à mesure de la progression des travaux acquéraient une expérience peu commune. Ils réalisaient des prouesses et l'étude de la future route de Nemicie était déjà très avancée, les premiers repérages effectués grâce à un hydravion prêté par la Kurts.

— Mais les pilotes ? demanda Liensun.

— L'école en forme un chiffre supérieur au nombre d'appareils livrés, et il y en a toujours une douzaine de disponibles sur le marché. Ann Suba les paye même s'ils sont au chômage, mais ensuite elle les loue au prix fort.

Liensun en resta stupéfait, puis la colère l'envahit et il partit à grandes enjambées pour l'école de pilotage, demanda à rencontrer le directeur, un certain Joanisson qui le reçut aimablement. C'était un des premiers pilotes que la P.-D.G de la manufacture avait formés elle-même, et il avait appris son métier sur les appareils anciens que Kurts le pirate avait découverts en Transeuropéenne.

— Oui, nous formons un nombre de pilotes supérieur à la demande. L'école a été créée par Ann Suba avec ses propres fonds et je pense qu'elle peut décider du nombre d'élèves et de leur affectation. Les élèves qui ont réussi à obtenir leur certificat d'aptitude sont payés raisonnablement, bénéficient d'un logement mais restent à la disposition d'Ann Suba qui ensuite les utilise aux mieux.

Exactement ce que lui avaient dit ses ingénieurs. Il dut reconnaître que la libre entreprise prônée à Lacustra City avait fonctionné dans ce cas, sans qu'il puisse s'en offusquer, mais Ann Suba le décevait. Ils avaient été très liés. Il y avait un temps où, dès qu'ils étaient en présence un désir sauvage les prenait l'un et l'autre pour les jeter dans des étreintes insatiables. La mort de Kurts le pirate dont la physicienne était tombée amoureuse avait tout changé. Il ne l'avait plus touchée et elle ne paraissait plus éprouver de désir pour lui. Ensemble ils s'étaient rendus dans le nord, dans la scierie des îles de la Reine Charlotte, mais comme deux associés plutôt que comme deux amis.

Elle formait des pilotes sans avoir prévenu ses associés alors qu'il avait l'impression que c'était là une activité qui relevait de la défense militaire de leur association. Il en référa au Kid qui là-bas, dans son île du Titan, se préparait à revenir à Lacustra City précisément.

— Je serai là dans la soirée, lui dit ce dernier.

On avait aménagé une plate-forme d'atterrissage au nord de la ville pour les hydravions. Le Kid utilisait le sien sans arrêt et ce dernier avait donc besoin de vérifications fréquentes. Liensun alla le chercher à bord d'un glisseur. Le Gnome descendit lourdement de l'appareil qui venait de se poser. Il vieillissait et son infirmité le rendait plus accablé par les ans qu'un autre individu. Il avait des troubles respiratoires et cardiaques, aurait dû depuis longtemps subir des examens médicaux à Markett Station où se trouvait le plus grand centre hospitalier de l'Australasienne. Songe, leur actionnaire associée, pouvait lui retenir une place, encore fallait-il qu'il se décide à y aller.

— Je savais, pour les pilotes, dit le Kid. Inutile de m'en vouloir, je n'ai plus pensé à t'en parler. J'ai trouvé qu'elle pouvait faire ce qu'elle voulait.

— Nous devons arrêter très vite un plan qui organiserait notre défense militaire. Il faut que nous puissions mobiliser en cas de danger les hydravions disponibles, donc les pilotes, et aussi les dirigeables. Nous pouvons aussi avoir besoin d'une force armée de volontaires, mais comment la recruter ? Il nous faudrait faire appel à des étrangers à notre communauté, et nous risquons d'avoir des ennuis. La situation en Patagonie est plus inquiétante qu'il n'y paraît. Il ne suffit plus d'aider Yeuse à se sauver, il faut réfléchir aux problèmes que causent les Harponneurs et leur alliance occulte avec les bonzes.

— On trouve à nouveau de l'huile de baleine sur le marché. Songe m'a prévenu que des quantités moyennes étaient disponibles. Les bonzes de Tharbin déclarent avoir fabriqué des cargos spéciaux pour la chasse à ces animaux-là, mais il n'y a pas moyen de contrôler s'ils mentent ou disent la vérité. Je pense pour ma part qu'ils n'ont que des bateaux-citernes qui se ravitaillent en Antarctique. En échange, ils transportent les commandos de la Guilde un peu partout sur le continent panaméricain. Et bientôt ils nous envahiront. A moins que le Consortium des Bonzes n'ait inclus une clause interdisant l'Australasienne aux Harponneurs. Nous n'aurions donc aucun motif de guerre, mais l'axe entre la Patagonie et China Voksal m'inquiète.

— Ses terminaux sur la mer de Chine doivent tout de même leur poser quelques problèmes ?

— Ils ont dû en construire vers le nord, je suppose. Je pense qu'il nous faut organiser une réunion quand ton père sera ici, pour mettre au point une tactique générale.

CHAPITRE XVIII

Lorsqu'elle arpentait le pont de son cargo, Farnelle essayait de calmer ses impatiences. Elle avait dû accoster dans la ria profonde de Rock Station en Nemicie pour décharger son bois et se ravitailler en huile. Huile qui ne manquait pas dans les milliers de wagons-citernes en attente sur les voies de garage, depuis que la ligne du nord en direction de Tcheou Voksal était inondée. On ne prévoyait aucune amélioration avant des semaines, voire des mois ou des années. Des millions de tonnes de glace fondaient dans l'ouest sur le Kiangsi et les fleuves renaissaient, mille fois plus importants que jadis, monstrueux, infranchissables, répandant leurs eaux tièdes et boueuses sur d'immenses territoires. Cet apport de tiédeur faisait fondre les glaces des plaines et les quantités d'eau qui se précipitaient vers la mer de Chine étaient tout simplement phénoménal.

Le bois se trouvait sur des dizaines et des dizaines de wagons de marchandises. Farnelle savait qu'elle devrait quitter la ria pour laisser la place à l'*Iceberg-Ship I* qui était annoncé. Elle pourrait trouver refuge dans une anse plus au nord, où aucune voie ferrée n'existait. A quoi bon retourner dans les îles de la Reine Charlotte, si le bois ne pouvait être directement livré à Lacustra City. Les relations amoureuses entre son jeune fils Gdami et Zabel l'exacerbaient au point qu'elle envisageait d'abandonner le commandement de son cher *Princess*.

Elle avait rencontré Jael, la demi-sœur de Liensun, et lui avait vaguement parlé de son projet.

— Vous n'êtes pas faite pour une vie sédentaire, avait dit cette jeune femme. Les voyages en train deviennent de plus en plus compliqués et aléatoires. Je ne vois qu'une chose pour vous, devenir pilote d'hydravion ou chef de bord de dirigeable.

— Vous me voyez dans ces diables d'appareils ? Je ne pourrais jamais m'y habituer. Je suis faite pour naviguer sur les océans.

— Capitaine d'un *iceberg-ship* alors ?

Farnelle n'avait pas répondu, mais dans la nuit, alors qu'elle ne dormait pas, elle avait imaginé qu'elle devenait pilote d'hydravion, et surtout pilote d'un de ces futurs dirigeavions qu'Ann Suba voulait construire. Un appareil mixte qui pouvait atterrir et décoller n'importe où et emporter une charge utile de cinq cents tonnes. Mieux qu'un dirigeable pour la maniabilité, mieux qu'un hydravion pour le tonnage. Elle laisserait le *Princess* à Zabel en la chargeant de faire de Gdami un futur capitaine de cargo expérimenté. Mais elle abandonnerait son navire avec beaucoup de chagrin. Lorsque la banquise sud existait encore, vingt années auparavant elle et son mari avaient travaillé dur pour atteindre cette épave retenue prisonnière des glaces depuis des siècles. Ils avaient construit une voie ferrée, usé de leurs dernières forces en espérant découvrir à bord une cargaison fabuleuse de bauxite. Mais quand ils avaient atteint le cargo, le fond en était crevé et la fameuse bauxite par cinq à six mille mètres de fond. Son mari avait fini par en mourir, et elle avait dû se résigner à habiter seule son cargo *Princess*, se défendant avec acharnement contre tous ceux qui espéraient la dépouiller. Finalement elle avait toléré seulement les tribus nomades de Roux qui passaient non loin, et deux fils étaient nés de ces rencontres rapides. L'un était mort, l'autre, Gdami, devenait un homme sans avoir connu l'adolescence. Elle allait abandonner ce rafiot qui avait été entièrement refondu grâce à des résines bactériennes, doté de diesels puissants. C'était plus que son habitation principale, c'était sa patrie. Elle l'abandonnerait à regret, mais elle ne pouvait plus accepter l'idée de vivre avec ce couple que formaient un gosse de douze ans et une femme de près de trente.

Jael la rejoignit à bord, l'air très joyeuse :

– On a déniché une voie ferrée qui s'en va vers le sud, mais qui rejoint un nœud ferroviaire et un réseau central qui se dirige vers le Tibet. C'est Songe qui s'en est souvenue. Je vais m'en aller pour traiter avec les différentes Compagnies qu'il traverse. Je vais acheter ou louer des kilomètres-tonnes. Voulez-vous m'accompagner ? Songe connaissait bien ces régions puisqu'elle a habité les Echafaudages d'Epouvante avec les Rénovateurs. On doit trouver par là-haut une cross-station qui nous permettra de revenir vers l'est en direction de Markett Station, donc de Tcheou Voksal, puisque le réseau entre ces deux stations est intact et à l'abri des inondations. Et de Tcheou à Lacustra City la ligne est terminée. Nous pourrons fournir le bois de votre *Princess*, toutefois cela demandera du temps. Je compte deux semaines au début, mais nous pourrons améliorer ce délai sans toutefois le faire descendre en dessous d'une semaine. Alors vous venez avec moi ?

– Maintenant ?

– Je pars dans quatre heures avec mon train spécial. Nous ne serons pas trop de deux pour affronter les patrons de ces minuscules Compagnies du nord. Il faudra avoir du cran, et avec vous je me sentirai plus tranquille.

CHAPITRE XIX

Les tribus avaient construit des igloos pour se protéger du vent violent qui soufflait dans cette région de l'Antarctique. Le plus grand avait été réservé à Jdrien, qui arriva après un voyage exténuant. Des milliers de Roux avaient conflué depuis toutes les parties de l'Antarctique puisque désormais le continent austral devenait le dernier refuge des Hommes du Froid. Aux dernières nouvelles, on en trouvait quelques centaines dans le nord. La Zone Occidentale, cette tentative de Roux évolués pour atteindre une certaine forme de civilisation, avait été emportée par la disparition de la glace et de la banquise dans cette partie de l'Europe qui représentait approximativement les îles Britanniques et l'Islande. Quelques groupes persistaient à survivre dans des îlots, mais le réchauffement progressif les obligerait bientôt à abandonner leur refuge. Les nouvelles arrivaient assez rapidement, propagées par les Hommes du Froid de bouche à oreille, mais aussi par télépathie. Jdrien avait découvert depuis peu que des individus pouvaient entrer en communication avec d'autres, très éloignés, comme lui-même et son frère Liensun pouvaient le faire. Il avait cru détenir ce don de sa mère Jdrou, mais comme son demi-frère possédait également cette possibilité, il lui fallait chercher ailleurs l'origine de ce sixième sens.

La réunion avait été décidée depuis des mois sans que Jdrien la demande, simplement parce que les tribus le désiraient et qu'il existait une communion d'esprit entre elles. Le lieu avait été facile à trouver puisqu'il s'agissait du Mausolée de Jdrou, la mère de Jdrien, la déesse de la Glace, morte très jeune, tuée par un Chasseur de la Transeuropéenne. Son corps conservé dans la glace la plus pure, transparente, avait d'abord été tiré sur des peaux de loup depuis la Transeuropéenne jusque dans la Compagnie de la Banquise, pendant plusieurs années. Il existait auprès de Kaménépolis un endroit que le président Kid avait accordé aux Roux, proche de la fonderie du lard de baleine. Les squelettes, les déchets devaient être remis aux Roux par la Guilde des Harponneurs. Le Peuple du Froid réussissait grâce à des chaudières, à récupérer de la viande, de la moelle, de la gélatine, broyait les os pour en faire une poudre qui se vendait bien et servait à différents usages dans les usines des Hommes du Chaud. Puis la banquise avait commencé à se disloquer et le corps de Jdrou avait été emmené dans l'Antarctique. Jdrien souhaitait avec ferveur que ce fût là son dernier lieu de repos.

De l'alcool circulait, conservé dans des outres faites en différentes peaux, peaux de bébés phoques, peaux de rats, et il se demandait d'où pouvaient bien sortir ces grosses quantités d'alcool rudimentaire. On mangeait aussi de la chair de phoque, principalement les viscères comme le cœur, le foie, les testicules, les rognons. Certaines tribus faisaient cuire leurs aliments, d'autres non. Il y avait les ethnies du sel, en fait les trois quarts des Roux, qui venaient empiler des barres de sel dans un coin et chacun venait s'y ravitailler pour relever la nourriture, mais aussi pour amollir la glace et creuser les fameuses alvéoles dans lesquelles couchaient les Roux.

On en avait jeté un peu sur le cercueil de glace de Jdrou, mais juste quelques poudrées pour ne pas faire fondre la glace transparente. Chaque fois qu'il découvrait le visage très jeune, enfantin de sa mère, Jdrien éprouvait une profonde émotion qui l'étreignait des jours durant. Il regrettait que Lien Rag son père ne soit pas auprès de lui, auprès d'elle, mais Lien Rag était désormais happé par la frénésie des affaires, la construction de ce nouveau monde qui, à partir de Lacustra City, devait sauver les Hommes du Chaud terrorisés par le retour prochain du Soleil. Jdrien lui-même était partagé entre deux mondes, entre deux civilisations. Lorsqu'il était avec ses frères Roux, il regrettait les coutumes du Chaud, les livres, la musique, le théâtre, et surtout la conversation entre amis dans un endroit agréable, pas trop chaud pour lui mais pas trop froid non plus. Il était métis mais pouvait supporter jusqu'à quinze degrés, alors que certains, également métissés, ne pouvaient survivre à une telle température. Oui, il regrettait la conversation, car les Roux ne parlaient pas beaucoup. Ils se comprenaient d'un seul mot, de quelques signes, d'un regard. Leurs centres d'intérêt se limitaient à quelques nécessités, celle de manger, de procréer, de dormir, de voyager, ce qui représentait en tout entre vingt et trente sujets de conversation. En quelques secondes tout pouvait être réglé, compris, décidé. On savait que demain on irait chasser l'ovibos et que, avant, on coucherait avec la petite Jdina qui vous l'avait fait comprendre en vous montrant son sexe.

Jdrien s'ennuyait désormais avec les tribus dont il était le Messie. Du moins celles-ci l'entendaient ainsi, mais lui n'avait jamais éprouvé le moindre sentiment similaire. Il les dominait par la pensée, ses pouvoirs, mais n'importe lequel des Roux, après des années d'éducation, aurait pu le remplacer. Il savait qu'un jour il devrait rompre définitivement avec eux, et qu'il ne le regretterait pas, n'aurait pour le reste de sa vie qu'une grande nostalgie quand il penserait à eux.

Pourtant, au cours de cette concentration autour du Mausolée, une idée bien simple mais très nette se fit jour, et elle ne fut explicitée qu'en une dizaine de mots par un vieillard qui se leva soudain et lança des cris gutturaux. D'autres frères Roux tentaient de rejoindre cette partie du monde qui devait rester en dehors du réchauffement général, et tous devaient leur porter secours. Ils arriveraient le plus souvent en utilisant des peaux de phoques gonflées d'air et attachées ensemble, sans avoir de pratique de la navigation, se fiant simplement aux courants et aux vents. Ils aborderaient sur les côtes, mais n'importe où, et comme celles-ci atteignaient plus de quinze mille kilomètres, Jdrien se demandait bien comment on pourrait leur porter secours. D'autant plus que la Guilde des Harponneurs, maîtresse de l'Antarctique, surveillait ses rivages avec vigilance. Désormais elle disposait de différents bateaux que le Consortium des Bonzes lui vendait en échange d'huile et de viande de baleine. Le Consortium fournissait aussi des armes perfectionnées, des radars et des moyens de détection aux infrarouges, et on disait même que deux ou trois dirigeables pourraient bien être livrés avant deux ans. Jdrien n'y croyait pas. Les Bonzes resteraient méfiants vis-à-vis de la Guilde et chercheraient à garder leur suprématie aérienne. Les Roux venus d'ailleurs, qui essayeraient de se réfugier en Antarctique, seraient donc impitoyablement traqués et abattus, les Harponneurs détestant le Peuple du Froid et le considérant comme une réserve de gibier bon pour la chasse. Le commerce des peaux de Roux était toujours aussi vivace dans cette région ainsi que celui des organes sexuels.

Peu à peu, à travers quelques mots, quelques signes, Jdrien finit par découvrir l'incroyable projet de ses frères. Ils étaient simplement en train de décider qu'il n'y avait pas d'autre endroit où les tribus trouveraient une température aussi basse, nécessaire à leur métabolisme, et de la nourriture abondante sous forme de phoques, de morses, éléphants de mer, manchots, goélands au besoin et ovibos, c'est-à-dire bœufs musqués. Que puisque les Harponneurs se montraient d'une cruauté impitoyable et refuseraient de conclure un accord, il était vain de chercher à s'entendre avec eux. Il fallait donc les chasser comme on chassait les animaux pour se nourrir.

Inouï! Il n'y avait pas d'autre mot. Jamais les Roux n'avaient eu une telle réaction depuis des siècles. Jamais une guerre entre tribus n'avait éclaté, jamais un Roux n'avait tué volontairement un autre Roux et encore moins un Homme du Chaud. Jdrien croyait avoir très mal compris et demanda à son voisin de lui expliquer ce qui était en train de se décider, et l'autre lui répondit qu'on allait éliminer les Harponneurs de ce territoire de chasse et qu'il fallait les tuer jusqu'au dernier. Parce qu'ils étaient dangereux pour les Roux et pour tous les autres êtres vivants de l'Antarctique. Ils ne tuaient pas pour se nourrir, mais pour entasser des richesses et s'en servir pour envahir d'autres régions.

– Voyons, dit Jdrien, les Roux n'ont jamais mené de guerre contre quiconque.

– C'est la vérité, mais nous devons faire celle-là si nous voulons rester en vie.

– Mais vous n'avez pas d'armes.

– Nous trouverons d'autres moyens de lutter. Nous pouvons supporter le froid et la faim, eux ne peuvent pas. Si nous faisons dérailler leurs trains, par exemple, ils n'auront plus de quoi manger, de quoi se chauffer, et nous savons comment faire. Tu nous l'as appris quand nous avons détruit le poste de garde qui nous empêchait d'approcher d'un troupeau de phoques indispensables pour notre nourriture.

Autour d'eux on faisait silence et des milliers de Roux écoutaient ce que disait leur frère au Messie, et ce dernier, épouvanté, reconnaissait ses torts. Oui, il avait appris comment faire tomber un train dans un piège en creusant la glace sous les rails. Les Roux pouvaient passer des jours et des nuits sous la glace à creuser ce genre de piège.

– Les Harponneurs sont des hommes comme vous et moi. Ils ont des femmes, des enfants, et...

– Alors qu'ils restent dans leur train, qu'ils se contentent d'une juste nourriture et nous laissent la moitié de ce territoire. Mais ils ne voudront jamais partager et nous allons leur faire la chasse.

Le mot guerre n'existait pas dans le langage des Roux, et c'était le terme de chasse qu'ils utilisaient.

– Nous avons accepté bien des attaques, bien des blessures depuis toujours, mais nous avions toute la planète pour fuir les mauvais traitements. Ce n'est plus le cas aujourd'hui. Il n'y a plus que cette région que tu appelles l'Antarctique. D'autres Roux vont arriver et il faut qu'ils puissent aborder en toute tranquillité.

— Mais si les Harponneurs s'enfuient par exemple, et que d'autres Hommes du Chaud reviennent ici, que ferez-vous ?

— Nous les chasserons car nous voulons ce territoire pour nous. Bientôt les Hommes du Chaud pourront vivre libres et heureux dans le reste du monde. Ils y retrouveront la lumière et la chaleur qu'ils aiment, pourquoi voudraient-ils garder pour eux ce pays du grand froid et de l'obscurité ? Il n'y a aucune raison. Nous ne demandons pas autre chose, mais cette chose nous sommes prêts à mourir pour la conserver.

— On peut essayer de discuter avec les Harponneurs, dit Jdrien. Vous pourriez leur faire parvenir des messages.

— Irais-tu, toi, discuter avec eux ? demanda une femme avec gentillesse. Dans ce cas nous attendrons avant de les chasser.

Jdrien resta un peu interdit, mais très vite il comprit que ce serait sa dernière intervention pour les Roux avant qu'il ne les quitte à jamais.

— C'est entendu, dit-il. J'irai discuter avec le chef de la Guilde dans sa cité et il faudra bien qu'il m'écoute.

CHAPITRE XX

Il se couchait très fatigué mais devait tout de même prendre part aux repas que le docteur Isaie préparait avec amour dans la cuisine du niveau. Le curieux bonhomme soignait surtout Grathe, mais Gus en profitait. Il mangeait en réfléchissant, trop abruti par ses recherches pour s'offusquer de ce qu'il voyait. Le docteur prenait Grathe sur ses genoux et nourrissait ce suppôt de Faro comme s'il s'agissait d'un enfant. Il en profitait pour le tripoter sans vergogne et Gus préférait détourner la tête quand ils s'embrassaient goulûment, et en profitaient pour échanger des bouchées de nourriture déjà mastiquées et imprégnées de leur salive, ce qui était censé suractiver leur érotisme.

Il rejoignait vite sa couchette et s'endormait d'un coup, quitte à avoir la nuit des rêves pornographiques dans lesquels il mettait Grathe à mal. Il se réveillait en sueur, assez honteux que ce déchet remonté de chez le père Faro puisse ainsi venir troubler ses nuits. Mais il n'avait qu'a tendre l'oreille pour surprendre les soupirs extatiques de deux amants couchés dans la cabine voisine. Il semblait que le docteur Isaie, dopé par cette présence, se montrait d'une ardeur toute juvénile.

Gus avait orienté ses recherche sur les échanges télépathiques des Bulbs et, à partir de la dépense d'énergie que cette communication silencieuse exigeait, il espérait parvenir au décryptage de ce langage spécial. Il avait établi des diagrammes qui lui paraissaient révélateurs, mais la pensée du Bulb, lorsqu'il s'adressait aux siens, n'empruntait pas les mêmes images que lorsqu'il acceptait de dialoguer avec les humains. Toutefois il y avait déjà des résultats intéressants. Il se demandait même si à la limite il ne parviendrait pas à brouiller ces ondes mentales. Que se passerait-il si jamais les autres Bulbs ne parvenaient plus à recevoir des renseignements de leur frère malade ?

Cette nuit il finit par quitter sa couchette, se rhabilla, rejoignit la salle des contrôles et constata qu'une dépense d'énergie nucléaire était en cours, alors qu'avec le système de nuit artificielle qui réglait la vie du satellite sur vingt-quatre heures terriennes, cette utilisation était diminuée de moitié. C'était vraiment une grosse fuite d'électricité, et jamais le Bulb n'en avait eu besoin de tant. Il brancha ses diagrammes et fut abasourdi par les courbes vertigineuses que cette conversation télépathique nécessitait. Il jeta un coup d'œil aux écrans qui donnaient des images extérieures du satellite et découvrit que les Bulbs s'étaient éloignés dans l'espace. Il était difficile de faire des estimations de distance, mais Gus pensa qu'ils étaient au moins à dix kilomètres et que leur Bulb devait mentalement « crier » pour qu'ils l'entendent. Ça signifiait quoi, cette expérience ?

Pris de panique à l'idée que le moment de quitter leur orbite était venu, il faillit aller réveiller Isaie et Grathe mais eut le sang-froid d'attendre un peu. Soulagé, il vit que les Bulbs revenaient graviter autour de leur copain. Un essai ? Pour l'avenir, parce qu'au cours du grand voyage de retour, les Bulbs s'éloigneraient forcément les uns des autres. Il ne savait que penser, mais en tout cas cette manœuvre était tout à fait significative. L'heure du départ approchait et il ne savait pas encore comment il ferait pour orienter le Bulb en direction de la Terre. Une fois basculé dans l'attraction de celle-ci, plus personne ne pourrait lui porter secours. Les autres Bulbs seraient bien obligés, avec désespoir, de regarder leur ami s'éloigner vers la planète.

Gus avait besoin d'une certaine force de propulsion, et il pensait trouver des boosters dans les silos où les petits satellites destinés à divers usages scientifiques attendaient sagement d'être propulsés dans l'espace. Il devrait aller les chercher, les installer à l'extérieur, mais de façon à ce que la tribu des animaux des étoiles ne puisse les remarquer.

La dépense d'énergie décroissait et s'arrêtait net. Le Bulb ne discutait plus avec les siens et se reposait très certainement. Il y avait des mètres et des mètres de diagrammes à étudier. Il lui faudrait toute la nuit et Gus se rendit dans la cuisine pour se préparer une thermos de café très fort. Jadis il y avait des cultures intensives dans le satellite, mais désormais ils ne vivaient plus que sur les réserves et celles-ci s'épuiseraient bientôt. Il était temps de quitter le satellite et maintenant qu'il avait des jambes, il serait heureux de fouler le sol terrien. Avec la fonte des glaces, il avait du mal à imaginer ce que ses pieds trouveraient lorsqu'il se poserait en bas. De la boue ? De l'eau ? Il avait quitté un monde glacé et voilà qu'il allait retrouver quelque chose de totalement inconnu. Qu'étaient devenus ses amis ? Lien Rag, Kurts, le petit Kurty avec sa nourrice Gueule-Plate, et ces femmes qui les attendaient à Concrete Station ?

Il remplit sa thermos et allait ressortir lorsque la porte de la cuisine glissa et qu'un jeune garçon complètement nu entra. Tout de suite il pensa que la porte étanche du niveau avait pu être fracturée, et qu'il s'agissait d'une invasion de primitifs. Le garçon poussa un cri et porta ses deux mains sur son bas-ventre. C'est alors que Gus reconnut le visage de Grathe.

CHAPITRE XXI

L'*Icerberg-Ship 2* revint du sud à vide. Durant toute l'opération de secours pour aider Yeuse à échapper à la Guilde, il s'était tenu à hauteur du Capricorne, à cent kilomètres de la côte pour ravitailler les dirigeables chargés de l'opération. Par la suite, il était allé vider ses soutes dans différents ports de la côte ouest, pour que les livraisons en huile puissent être assurées dans la partie occidentale de la Patagonie.

Dès son retour dans l'île aux Phoques, on commença de remplir ses soutes. Lien Rag, depuis son départ de Chiloe Station, restait sombre et irritable. Il éprouvait des remords d'avoir abandonné Yeuse à ses difficultés, en voulait à Ann Suba qui, avec son dirigeable *Omnium du Pacifique* persistait à rester là-bas, le temps que la situation s'améliore. Elle n'avait aucun mandat de l'Omnium du Pacifique et les associés seraient furieux de cette décision. La seule chose de positive à ses yeux était l'absence de Benfield dans l'île. Le chef du détachement de la Manu avait été promu colonel par Yeuse et chargé de la défense de la cordillère des Andes. C'était le lieutenant Joywe qui le remplaçait, et Lien Rag s'entendait bien mieux avec ce dernier.

Durant le délai nécessaire au remplissage du mastodonte de glace, on apprit que l'île de Pâques avait été reprise aux Harponneurs grâce à l'action d'un commando dirigé par Benfield en personne. Un important matériel de guerre avait été saisi, deux cents miliciens de la Guilde tués ou fait prisonniers. Mais le butin le plus intéressant était la capture de deux cargos arborant le pavillon de la Guilde, un harpon croisé avec une baleine, construits par le Consortium des Bonzes et certainement loués aux Harponneurs. Ils faisaient respectivement deux mille et quatre mille tonnes. Des citernes en plastique contenant environ cinquante mille tonne d'huile de baleine. On avait trouvé dans l'île une population réduite à une centaine d'individus retournés à l'état primitif, que les Harponneurs avaient réduits en esclavage.

— Tharbin sera furieux que deux de ses bateaux soient entre les mains des Panaméricains, mais il ne pourra élever aucune protestation.

L'*Iceberg-Ship 2* prit la route de Nemicie le lendemain de la réception de ces nouvelles. Il affronta un océan très dur car une série de tempêtes venant du sud se succédèrent sans un instant de répit. On n'avait pas eu le temps d'effectuer les révisions habituelles à cause de cette intervention en Patagonie, et à bord chacun était très inquiet. C'étaient les groupes réfrigérants qui mobilisaient l'attention des techniciens. L'eau de l'océan se réchauffait de plus en plus, et il fallait une grande dépense d'énergie pour faire circuler le fluide réfrigérant dans les capillaires de l'armature. Ces groupes de compresseurs étaient de fabrication panaméricaine et Lien Rag songeait à les remplacer par des machines usinées à Titan dans les ateliers du Kid.

On était à mi-parcours lorsque le dirigeable *Omnium du Pacifique* les survola, alors que les vents soufflaient à cent cinquante à l'heure. L'appareil, dans les couches supérieures, n'était pas trop bousculé, la vitesse de l'air ne dépassant pas quatre-vingts kilomètres. Il y avait exactement vingt-cinq jours que le bateau de glace naviguait et les échanges radio avaient cessé. Ann Suba apportait des nouvelles fraîches en provenance de Patagonie. Quelques combats avaient eu lieu dans la cordillère aux principaux points de passage qui n'étaient que quatre. Les Harponneurs, face à cette résistance, n'avaient pas insisté, mais ils reviendraient. Ayant survolé la Patagonie orientale, Ann Suba avait la certitude que la Guide ne se contenterait pas de ce territoire complètement ruiné, envahi par les eaux de fonte de nombreuses rivières, où les ressources devenaient inexistantes. Les réseaux de chemin de fer s'avéraient inutilisables les uns après les autres.

— A mon avis les Harponneurs renonceront très vite à s'installer dans cet endroit, n'y laisseront qu'une garnison réduite. Ils préféreront attaquer par le sud la Patagonie occidentale. La perte de l'île de Pâques est un rude coup pour eux mais ils n'abandonneront pas. Ils ne peuvent se maintenir désormais dans l'Antarctique, sachant que les régions tempérées vont connaître un climat plus doux. Il est naturel que ces hommes soient attirés par ce tropisme de chaleur. Jadis il y eut des invasions de hordes sauvages qui vivaient dans les pays rudes, vers des régions plus aimables. C'est exactement le même phénomène. Bien sûr, l'Antarctique restera la base solide de ces gens-là, mais ils vont chercher à s'installer au nord, sur des hauteurs où les inondations seront inexistantes.

Puis le dirigeable s'éloigna. Il y avait désormais près de deux mois qu'Ann Suba avait quitté Lacustra City pour se porter au secours de Yeuse. L'assemblée des associés de l'Omnium allait-elle accepter cela ? L'usine Kurts avait certainement fonctionné normalement, mais les chantiers lacustres avaient été privés d'un dirigeable trop longtemps. Il y aurait des explications sévères à l'arrivée.

Deux des groupes producteurs de froid claquèrent l'un après l'autre en quelques heures, et les premiers signes d'une lente dégradation de la coque de glace apparurent en moins d'une journée. On ne parvenait pas à réparer. On dut établir des dérivations, mais cette astuce donna encore plus de travail aux appareils déjà suractivés. Il était à craindre qu'un ou plusieurs autres rendent l'âme avant qu'on ait pu réparer.

Durant ces journées angoissantes, alors qu'on naviguait dans une mer très grosse, on croisa quatre cargos qui naviguaient de conserve et portant le pavillon de Consortium.

— Ils sont certainement bourrés d'armes pour les Harponneurs, dit Lien Rag, et nous n'avons pas le droit de les intercepter. Tharbin reste notre meilleur client, même s'il est en train de saboter notre essor économique en important de l'huile de baleine. Par chance les difficultés radio sont aussi pour lui, et il ne saura pas avant quelques semaines que l'île de Pâques est entre les mains de Yeuse.

On réussit à réparer l'un des deux groupes réfrigérants, mais désormais on vécut dans la crainte que tout le système ne tombe en panne. Les dégâts causés à la coque par l'arrêt de la réfrigération étaient assez importants, puisque en certains endroits celle-ci avait perdu la moitié de son épaisseur. Il aurait fallu stopper complètement pour que la couche de glace se reforme, mais dans cette eau tiède le délai d'attente aurait été d'au moins une semaine. Lien Rag estimait que l'équipage n'aurait pas supporté psychologiquement cette attente sur un océan agité. Mieux valait continuer, mais la vitesse interdisait la formation d'une plaque glacée.

De plus on était dans la zone où ne parvenaient jamais les ondes radio. Peut-être que la prise de l'île de Pâques améliorerait cette situation mais il faudrait attendre encore des mois avant qu'un relais ne puisse être utilisé.

CHAPITRE XXII

Rek Station était une cité commerçante située à l'ouest de la Nemicie, à six cents kilomètres environ. Farnelle n'avait jamais comme dans cet endroit rencontré autant d'Asiates et si peu de gens d'une autre ethnie. On avait l'impression que depuis des millénaires rien n'avait changé dans cette sorte d'oasis située dans de petites collines, où la glace avait presque entièrement disparu sans qu'on relève de véritables dommages. Les voies ferrées elles-mêmes avaient été consolidées au fur et à mesure que le ballast de glace disparaissait, et leur train avait pu circuler normalement jusque-là.

Les verrières encore intactes se relevaient étrangement vers le ciel, donnant à l'ensemble un air de jouets pour adultes. Les contrôles de police étaient nonchalants, mais les gens s'étonnaient qu'elles viennent jusque-là sans marchandises à vendre. Car ici tout se vendait, la nourriture surtout, et l'on trouvait des dizaines de variétés de riz, du poisson sous toutes les formes, de la viande, tous les produits en provenance de l'Africania, de l'Himalaya, comme des troupeaux de yaks par exemple.

D'après les *Instructions Ferroviaires*, la Compagnie de Rek Station était gouvernée par une assemblée d'actionnaires qui déléguaient leur pouvoir à un triumvirat composé de deux hommes et d'une femme. Elles purent rencontrer celle-ci dans son fastueux train-bureaux situé au cœur de la zone marchande. C'était une petite femme boulotte très souriante qui s'appelait Ho May et qui leur fit servir du thé et des pâtisseries, le temps qu'elle règle un autre problème.

Jael, quand elle fut à nouveau assise en face d'elles, exposa tranquillement et sans chercher à biaiser les raisons de leur voyage. Elle désirait acheter des droits de passage pour des dizaines de milliers de tonnes, peut-être des centaines qui transiteraient par la Compagnie avant de se diriger vers le nord.

— Vers la Compagnie Royale du Laos, dit leur hôtesse. Vous devrez payer un lourd tribut. Ici nous ne vous prendrons que cinq pour cent du poids total en charge de la cargaison.

C'était énorme. Surtout calculé sur le poids en charge. Pour un train de mille tonnes, il faudrait ajouter trois à quatre cents tonnes de matériel. Le passage coûterait donc soixante-dix tonnes de fuel-phoque. L'Omnium donnait déjà dix pour cent au gouvernement de la Nemicie et ici, dans la Rek Company, ce serait sept pour cent supplémentaires.

— C'est beaucoup, dit Jael. Si nous faisons circuler un million de tonnes par an, vous récupérerez dans les soixante-dix mille tonnes de fuel-phoque. A six cents dollars la tonne, c'est le prix affiché à Markett Station, vous gagnerez donc quarante-deux millions de dollars.

— Nos réseaux doivent être entièrement refaits, dit Ho May. Vous avez pu constater que nous avons su anticiper sur le dégel en construisant des ballasts qui résistent. Cela coûte très cher d'arracher à la montagne cet enrochement. Nous avons dû engloutir des tonnes de granit pour chaque cent mètres de ballast. Et nous poursuivons inlassablement. Nous allons discuter avec mes amis du triumvirat, mais vous devrez attendre quarante-huit heures. Tout ce que je peux vous laisser espérer, c'est que nous accepterons de vous laisser passer avec cinq pour cent de la charge utile.

Les deux amies rejoignirent leur train en essayant de calculer ce que coûterait un détour par Rek Station et la Compagnie Royale du Laos.

— Si nous devons payer encore cinq pour cent là-bas... Nous en serons à vingt pour cent et notre fuphoc sera encore à plus de mille kilomètres de Markett Station. Le prix de revient serait de plus de trente pour cent. Mais à condition que le prix de la tonne reste à six cents dollars. Or l'arrivée mystérieuse d'huile de baleine sur le marché risque de faire chuter les cours.

En attendant que les quarante-huit heures soient écoulées, elles se renseignèrent sur la Compagnie Royale du Laos, et ce qu'on leur apprit les inquiéta fortement. C'était toute une famille qui se disputait la direction de la Compagnie. Une famille dite royale, mais qui en fait ne pouvait prouver ses origines. Une dizaine de personnes voulaient régner et se chicanaient sur la moindre décision. Tout aussi bien un oncle leur accorderait le passage pour deux pour cent de la cargaison et un autre exigerait du dix. Jael, qui avait décidé d'acheter de grosses quantités de riz dans la station, rencontra un important négociant qui lui fit des propositions très intéressantes. Au prix où était la tonne de riz à Markett Station, elle ferait gagner beaucoup d'argent à l'Omnium du Pacifique si elle en achetait mille tonnes. Au sujet de la Compagnie Royale du Laos, ce commerçant lui apprit que lui-même avait le plus grand mal à commercer avec ses voisins. Il croyait avoir mis dans sa poche un des héritiers, mais celui-ci ayant été assassiné, il n'avait pu trouver les mêmes conditions.

— Vous ne serez jamais certaine de pouvoir acheminer vos trains de wagons-citernes, et chaque fois vous devrez être présente pour faire respecter les contrats. Avant le réchauffement, il y avait des Aiguilleurs délégués de la CANYST qui s'efforçaient de faire respecter les accords, mais les inspecteurs Aiguilleurs ont disparu et c'est l'anarchie. Ce qu'il vous faudra faire, c'est envoyer vingt, trente trains de mille tonnes à la fois. Vous obtiendrez des rabais importants car sur trente mille tonnes vous pourrez leur donner mille et obtenir la voie. Sur un train de mille tonnes seulement ils vous plumeront, exigeront aux moins deux cents tonnes.

Ho May leur obtint un contrat en bonne et due forme sur cinq pour cent de la cargaison. C'était une bonne chose et Jael en fut très satisfaite. Ho May leur conseilla de s'adresser au Laos au prince Futuya.

— C'est le plus ambitieux, et un jour il restera le seul maître. Il est dangereux et on le soupçonne de faire disparaître un à un les membres de la famille royale. Mais vous obtiendrez satisfaction si vous lui fournissez des armes... Je sais que c'est déplaisant de traiter de la sorte, mais il a besoin de lance-missiles pour attaquer les trains blindés de ses parents, oncles et cousins. Il est le seul à posséder un embryon d'armée qui, si vous traitez avec lui, accompagnera vos convois dans toute la traversée de la Compagnie.

Elle donna d'autres précisions sur Futuya, mais au moment où elles allaient partir, Ho May leur demanda comment il fallait s'y prendre pour acheter un hydravion.

— Il faut s'adresser à la Kurts Company dans Lacustra City. Mais la liste d'attente est assez longue. Vous devrez patienter trois ans.

— Pour chaque année en moins, je suis capable de vous obtenir un demi-point de rabais. Pour une livraison immédiate, disons dans les six mois, vous ne payerez que trois pour cent sur le premier million de tonnes et ensuite quatre. Cela mérite d'y réfléchir, non?

Lorsqu'elles sortirent, Farnelle demanda à Jael ce qu'elle en pensait.

— Rien du tout. Si je peux obtenir cet hydravion, je ferai le marché, mais Ann Suba fait procéder à des enquêtes sur la destination future de ses appareils et elle risque de s'opposer à cette transaction.

CHAPITRE XXIII

Dans Chiloe Station, c'était toujours le même enthousiasme pour les exploits de la petite armée patagonienne, mais Yeuse gardait tout son sang-froid. Certes la prise de l'île de Pâques avait été un exploit bienvenu pour remonter le moral de la population, mais il était à craindre que les Harponneurs ne préparent une action d'envergure contre la Patagonie occidentale. On les avait repoussés sur la cordillère des Andes, toutefois ils n'avaient engagé là-bas que deux destroyers, quatre avisos et quelques draisines blindées.

D'après les prisonniers de l'île de Pâques et les équipages asiates des cargos capturés, c'était une dizaine de cargos que Tharbin avait loués au Caudillo Herandez. Avec leur équipage et leur armement. En tout cela représentait trente mille tonnes. La Guilde pouvait transporter d'importants bâtiments de combat, des rails, des ballasts en plastique comme elle en construisait dans l'Antarctique. En quelques jours ses spécialistes pouvaient installer des centaines de kilomètres de voies ferrées. Ils pouvaient débarquer dans le sud, bien sûr, mais aussi sur l'une des plages non surveillées de la côte. Désormais privés du soutien aérien des dirigeables et de l'hydravion, Yeuse s'était efforcée de mettre en place tout un réseau de communication. Se méfiant de la radio aux ondes toujours fantaisistes, elle utilisait le railphone et envoyait des guetteurs dans tous les points susceptibles de voir débarquer la Guilde. Benfield, devenu colonel, prenait à cœur la défense de la Patagonie occidentale. Très vite il avait compris que l'obstacle naturel de la cordillère lui permettrait de se porter sur d'autres fronts en ne laissant dans les montagnes que quelques centaines d'hommes. Yeuse l'avait alors chargé de toute la défense du territoire, et il sillonnait celui-ci à bord d'un convoi blindé choisi parmi les plus rapides du parc local. On ne trouvait pas grand-chose dans ces réserves ferroviaires. Les machines à vapeur vétustes avaient du mal à ne pas s'essouffler, et la vitesse moyenne du réseau était à peine de trente kilomètres à l'heure. Si bien que l'huile en provenance de l'île aux Phoques mettait quinze jours pour arriver à Chiloe Station. Il y avait quelques diesels électriques qu'on avait aussitôt blindés ainsi que des wagons. En tout le colonel disposait de six trains blindés, de plusieurs dizaines de draisines ultra-rapides mais à court rayon d'action, de deux avisos à vapeur bien mal en point avec un armement dépassé, de canons et non de lance-missiles. Par chance l'armement trouvé dans l'île de Pâques allait permettre une refonte totale de l'artillerie.

Yeuse espérait que son amie Ann Suba pourrait tenir ses promesses au sujet de ces trois hydravions qui devaient lui être livrés, avec chacun trois pilotes et trois mécaniciens qui se relayeraient aux commandes. Mais Lien Rag était parti furieux que la directrice de la Manufacture Kurts passe au-dessus de ses associés pour une telle décision. Prochainement les fondateurs de l'Omnium du Pacifique se réuniraient là-bas, dans Lacustra City, et prendraient des décisions sans appel. Ann Suba avait promis de ne pas se laisser faire, même si elle devait abandonner sa manufacture et la nouvelle cité.

Yeuse ne regrettait rien. Elle avait failli partir pour Lacustra City s'occuper de choses qui désormais lui paraissaient futiles. Ici c'était la vie de tout un peuple qui était en jeu, la survie de toute une culture qui n'avait rien à voir avec ces livres trop sophistiqués qu'elle avait portés aux nues, ces ballets modernes pour esthètes fatigués, ces pièces de théâtre incompréhensibles. Dans

Chiloe Station des groupes de musique populaires ne cessaient de hanter spontanément les quais pour rien, pour le plaisir de jouer et de chanter. De même les danseurs autochtones n'étaient pas à l'affût d'une reconnaissance élitiste, mais dansaient pour la plus grande joie de tous. Cette culture-là était comprise de tous, faisait partie de la vie quotidienne, sans qu'il soit besoin de se déplacer spécialement pour aller assister à un ballet ou pour entendre une pièce de théâtre.

Le ravitaillement, par chance, était bien meilleur que dans la zone orientale grâce à la pêche, la chasse, les cultures sous serres et même en plein air. On cultivait ainsi des semences spéciales de maïs et de blé, des pommes de terre qui pouvaient résister à des températures très basses. On avait depuis quelque temps retrouvé dans les Andes les ancêtres de ces tubercules qui avaient permis de renouveler l'espèce en la rendant plus primitive.

Yeuse n'hésitait pas à se promener sur les quais, écoutant les doléances, les conseils, prenant des notes. Il fallait chaque jour refuser des centaines de volontaires prêts à combattre contre les Harponneurs. On avait retrouvé un millier d'armes individuelles dans l'île de Pâques, mais en calculant avec soin on n'avait pu former que deux cents hommes. Mais ceux-là étaient décidés à tout pour empêcher la Guilde de débarquer, et de plus ils connaissaient admirablement bien le terrain.

Les côtes, dépouillées de leur glace, restaient difficiles d'accès, et si de nombreuses plages désertes existaient, il faudrait prévoir un tel débarquement de matériel pour les rendre accessibles que le commandement suprême serait vite averti. Les missiles sophistiqués livrés par Tharbin à la Guilde se retourneraient contre ces derniers. Le colonel Benfield n'arrêtait pas de sélectionner des positions de tir inattaquables.

Tous les deux jours il venait faire son rapport à Yeuse. Ce n'était plus le petit lieutenant de la Manu de l'île aux Phoques. Ici il prenait une dimension de grand chef de guerre. Il avait même forci et ses vêtements le trahissaient quelque peu. Mais il était adulé par toute l'armée en formation, et la population inventait des chansons et des saynettes en son honneur.

Yeuse craignait beaucoup pour l'île de Pâques, certaine que la Guilde essayerait de la reprendre car c'était une base importante pour le ravitaillement des convois du Consortium des Bonzes. Chaque jour elle appréhendait le message radio qui l'informerait de l'attaque subite des Harponneurs. L'émetteur radio très puissant pouvait être relayé par celui de Juan Fernandez, une île située à six cents kilomètres des côtes. On n'avait pu laisser là-bas qu'un détachement insuffisant pour résister longtemps à un millier d'hommes. On avait rapatrié les prisonniers dans une petite station côtière du continent, mais Yeuse ne savait que faire des équipages asiates des cargos. Ces gens-là ne souhaitaient qu'une chose, être rapatriés sur China Voksal, mais pour l'instant la Patagonie occidentale n'entretenait aucune relation avec le Consortium des Bonzes. Lien Rag à qui elle avait demandé, bien avant la prise de l'île de Pâques, de faire quelque chose pour elle, n'avait pas répondu. Il l'abandonnait, et Le Kid en ferait autant. Liensun ? Elle ne savait qu'en penser, après ce qui s'était passé. Il devait culpabiliser alors qu'elle n'en conservait qu'un souvenir étonné. Même pas du dégoût. Mais elle savait que si quelqu'un pouvait la soutenir avec obstination dans l'Omnium, c'était bien lui. Et avec Ann Suba, ils parviendraient peut-être à faire fléchir tous les autres.

CHAPITRE XXIV

C'était un poste installé à proximité d'un réseau où séjournait un petit groupe de miliciens de la Guilde. Ils se trouvaient à l'extrême ouest de la Province où, en principe, n'existait que le désert antarctique. N'ayant pu détruire toutes les tribus de Roux, le Caudillo Herandez estimait qu'elles n'existaient pas.

Jdrien et ses deux compagnons s'immobilisèrent, le temps pour le garçon de fouiller les cerveaux des Harponneurs enfermés dans leur wagon isotherme. Ils étaient quatre complètement éveillés, mais trois autres dormaient et rêvaient. Les autres jouaient aux dés et se chamaillaient un peu. Ils avaient bu de l'alcool et mangé quelque chose qui ressemblait à un gros oiseau, peut-être une volaille congelée.

– J'y vais, dit Jdrien.

– Nous attendrons, dit un de ses compagnons.

– Non, retournez auprès de la déesse de la Glace Jdrou. Ce sera très long et vous mourriez de faim à m'attendre.

Il s'approcha du wagon arrêté sur une courte voie de garage. La présence de ce poste de surveillance se justifiait par les aiguillages qui distribuaient deux voies s'enfonçant dans les solitudes, et datant de l'occupation panaméricaine. La Guilde n'exploitait pas les réseaux intérieur, concentrait tous ses efforts sur les réseaux côtiers. Le Caudillo ignorait donc ce qui se passait dans les territoires centraux et devait tout de même se méfier des quelques survivants, colons d'autrefois, chasseurs ou éleveurs de bœufs musqués. La Guilde restait persuadée que des milliers de gens attendaient le moment favorable pour attaquer ses hommes et ses installations. Jdrien, qui parcourait tout l'Antarctique avec ses frères Roux, était seul à savoir que la plupart des colons étaient morts de faim et de froid, que d'autres s'étaient débrouillés pour quitter la Province, et que ne survivaient dans des conditions effroyables que quelques malheureux qui n'avaient qu'une idée en tête, manger et échapper aux morsures du froid sans avoir la moindre envie d'attaquer la Guilde.

A proximité du wagon il choisit sa victime, le caporal, et porta une attaque foudroyante sur ses centres nerveux. En quelques secondes le milicien se trouva paralysé. Il voulut se lever et retomba tandis que ses compagnons riaient, lui disant qu'il avait trop bu. Mais lorsqu'un deuxième milicien tomba également paralysé, les autres s'inquiétèrent. Un troisième se trouva à son tour foudroyé alors qu'il se dirigeait vers le poste de radio, criant qu'il s'agissait certainement d'une épidémie provoquée par la nourriture qu'ils venaient d'avaler. Jdrien ouvrit le sas et pénétra dans le wagon. Les dormeurs, réveillés, se rassemblaient autour de ses victimes et il en choisit un au hasard qui, à son tour, tomba sur son derrière, incapable de bouger et de parler. Seuls ses yeux restaient vivants et effrayaient les autres par l'intensité de leur regard.

— Bonsoir, dit Jdrien. Surtout ne bougez pas. Vous, là-bas... Ne prenez pas votre arme.

Dramatisant un peu ses pouvoirs, il tendit une main, et l'homme qui voulait prendre une arme automatique au râtelier s'abattit à son tour.

— Je peux tous vous paralyser pour la vie, dit-il. Mais je ne vous veux aucun mal. Vous me reconnaissez, je suis Jdrien le Messie des Roux, et vous savez que j'ai des pouvoirs surhumains puisque je suis un dieu.

Il était exténué. En quelques minutes il venait de mettre hors de combat cinq personnes. Deux restaient encore debout et n'osaient plus bouger.

— Vous allez appeler Leadership Station votre capitale. Je veux parler à votre Caudillo Herandez. Sans délai. Si vous refusez, je le fais moi-même. Mais pour l'authenticité du message, je préférerais que ce soit vous.

Sur la table il restait la carcasse d'une grosse volaille, certainement un de ces poulets que l'on obtenait dans des élevages spécialisés et qui pouvaient atteindre les dix kilos. Il préleva un morceau de blanc, le porta à sa bouche. Pas mauvais, meilleur que le phoque ou l'ovibos, même si c'était bourré d'hormones de croissance.

— Le Caudillo, bégaya un homme, mais nous ne pouvons pas...

— Expliquez la situation à vos chefs directs, et dites bien qu'il est inutile d'envoyer des renforts pour vous délivrer. Dans ce cas je vous paralyse tous et je m'en vais. Jamais vous ne retrouverez votre autonomie fonctionnelle alors que je peux interrompre à volonté cette paralysie. Vous en doutez? Regardez.

Le caporal au bout de quelques secondes se redressa, complètement ahuri, regardant les autres corps allongés. Il avait gardé toute sa lucidité durant ces quelques minutes effroyables où il avait cru rester inerte pour le restant de ses jours, et ses premières paroles furent :

— Faites ce qu'il dit.

Ce fut très long. D'abord on traita l'homme de fou avant que le caporal ne vienne certifier qu'il disait vrai, et l'information remonta le canal de la hiérarchie avec beaucoup de lenteur au début, tant qu'elle allait de gradés inférieurs à gradés à peine plus supérieurs. Au niveau d'un colonel tout se précipita, et bientôt on obtint le colonel directeur du cabinet militaire du Caudillo qui demanda à parler à Jdrien.

— Je doute de votre identité, prouvez-moi que vous êtes bien le fameux... hum, disons Messie de ces sauvages à poils.

— C'est moi qui me suis introduit dans votre complexe baleinier pour délivrer le professeur Leyris. Je peux même vous indiquer quel était le compartiment qu'il occupait dans le train résidentiel. Wagon 17, compartiment K.

Il y eut un silence, le temps d'une vérification.

— Effectivement, dit le colonel, vous seul pouvez connaître ce détail. Mais je ne peux vous passer le Caudillo.

— Il est en Patagonie, ricana Jdrien.

— Son Excellence dort et je ne peux prendre sur moi de le réveiller.

— Ecoutez, je viens porteur d'un message très important pour lui. Un message qui risque de provoquer, s'il n'est pas reçu à temps, des destructions effroyables dans cette partie du monde. Vous feriez mieux d'aller le réveiller.

Il surveillait en même temps les survivants de son intervention sur les centres nerveux.

— Considérez-moi comme un parlementaire et ne vous avisez pas de m'attaquer. Le Caudillo va s'entretenir avec moi et il ne supporterait pas toute initiative déplacée. Si vous voulez que les autres reprennent vie, gardez votre calme.

Ils se regroupèrent autour de la table, finirent par s'asseoir.

— Le Caudillo accepte de converser avec vous, dit le colonel avec respect. Je vous demande quelques instants de patience.

— J'ai tout mon temps, dit Jdrien.

L'attente se prolongea pendant cinq bonnes minutes. Les services secret devaient vérifier la véracité de cette demande, ou bien chercher à envoyer des renforts pour porter secours à ces quelques miliciens en danger.

— Je suis le Caudillo Herandez, fit une voix très douce, inattendue.

CHAPITRE XXV

Le petit docteur pénétra dans la salle des contrôles avec une impétuosité qui le propulsa jusqu'au centre de la pièce, le regard furibond, les cheveux dressés et les joues écarlates :

— Et alors? Que vous importe?

Gus penché sur ses calculs se redressa lentement, lui jeta un regard indifférent.

— Ai-je dit quelque chose?

— Non, mais votre silence depuis cette nuit en dit long. Vous désapprouvez, mais que m'importe?

— Alors que faites-vous là?

— Je viens vous dire que je suis amoureux de Grathe et que le fait que ce soit un garçon m'importe peu. Je ne vous croyais pas aussi bégueule.

— C'est un garçon en effet, dit Gus, mais il n'a pas son libre arbitre. Depuis tout petit il servait l'objet sexuel à ce salaud de Faro, et vous n'avez fait que remplacer le prophète illuminé et lubrique en fourrant Grathe dans votre couchette. Sous prétexte de le protéger, mais en fait en lui promettant qu'il mangerait à sa faim, qu'il n'aurait plus froid et pourrait faire ce qu'il voudrait. Nous avons eu une longue discussion cette nuit.

— Vous en avez profité pour vous rincer l'œil. Il était nu.

— Je suis allé prendre une blouse dans le placard de la cuisine et je lui ai ordonné de la revêtir.

— Il m'a dit que vous l'aviez touché.

— Je l'ai forcé à mettre ce vêtement. C'est tout.

Isaie s'approcha de lui, le regard courroucé :

— Si jamais, vous m'entendez, si jamais vous essayez de me le prendre...

— Vous auriez mieux fait de ramener Thresa. Celle-là ne nous a jamais dressés l'un contre l'autre. La passion vous égare, mon vieux... Je me demande même ce que vous lui trouvez à ce gosse. Il est décharné, pas très joli et en plus il doit être menteur et tricheur. Ne craignez rien, je vous le laisse. Il vous a raconté que tout petit il était déjà la victime de Faro ? Comment avez-vous pu continuer à poursuivre avec lui ce que ce fou lui faisait ?

— Il m'a ensorcelé, avoua soudain Isaie. Je ne sais pas comment cela est arrivé mais sur un seul regard... Je lui trouvais l'air si malheureux et en même temps il me regardait comme si j'étais son dieu... Jamais personne ne m'avait regardé ainsi... Voilà comment c'est arrivé.

— Vous êtes sûr que Faro n'a pas introduit un espion pour nous jouer quelque tour à sa façon ? Il a peut-être pensé que c'était le moment de s'emparer de notre niveau quand Thresa est retournée auprès de lui. Connaissant votre côté pervers, il vous a fourré ce garçon entre les pattes. Vous avez découvert avec lui de nouvelles émotions et vous voilà prêt à tout pour le garder. Cela m'inquiète.

— Vous êtes jaloux car personne ne vous aime... Thresa vous craignait et c'est à cause de vous qu'elle est retournée dans la secte. Vous la terrorisiez. Vous ne riez jamais et pouvez même être inquiétant, on ne vous l'a jamais dit ?

Il fit demi-tour et sortit en refermant bruyamment la porte coulissante. Gus essaya de se replonger dans ses recherches, mais les dernières paroles du docteur l'avaient troublé. Il releva la tête et essaya de réfléchir. Du temps où il n'était qu'un cul-de-jatte il effrayait effectivement et n'avait guère d'amis. Les femmes le fuyaient, sauf certaines dont la curiosité malsaine l'agaçait. Il se souvenait d'une Panaméricaine qui vivait dans la Bibliothèque des archives manuelles de Karachi Station, qui avait couché avec lui parce qu'il la fascinait, d'horreur certainement.

Il quitta son siège, fit quelques pas. Grâce aux appareils du satellite il avait pu se doter de nouvelles jambes. Des jambes réelles et non des prothèses. Il était un homme de grande taille, bien bâti, mais son visage était rude, n'exprimait que rarement la joie. Thresa l'avait certainement craint, mais il ne pouvait changer son comportement. La passion d'Isaie pour ce gredin au regard vicieux le déroutait complètement. Il soupçonnait une manigance de Faro. Mais Isaie n'avait pas le beau rôle et, désormais, il se méfierait d'un homme pareil.

Plus tard il dialogua avec le Bulb, lui demanda comment il pouvait communiquer avec ses semblables.

— J'ai bien compris que c'était par télépathie, mais vous projetez quoi, des images ou des mots d'une langue qui vous serait propre ?

— Ni l'un ni l'autre. Il s'agit d'une écriture. Nous gravons dans le cerveau de l'autre ce que nous voulons lui dire. Mais ce n'est qu'une impression qui peut s'effacer ou perdurer à volonté.

— Une écriture ? s'étonna Gus. Mais comment ?

— Nous sommes ainsi faits. Nous pouvons soit nous adresser à un seul individu, soit à plusieurs. L'auditeur peut à sa guise enregistrer ou s'y refuser, garder le souvenir de cette conversation ou l'annuler. Mais s'il la garde, celle-ci sera parfaite, et non douteuse comme vos souvenirs à vous autres les Terriens. Nous envoyons des ondes mentales qui impressionnent une partie du cerveau de l'autre en signes bien précis.

— Mais quel genre de signes, comme ceux de notre écriture ?

— Pas du tout... A vrai dire cela ressemblerait à une sorte de diagramme mais microscopique. Nous pouvons parler des heures durant, et pourtant seules quelques parcelles du cerveau seront occupées par notre déclaration. Des millions de données peuvent ainsi être stockées.

— Vous agissez sur votre mémoire ? Vous pouvez

décider ou non de conserver un souvenir ? Rien ne se fait à votre insu ?

— Excepté ce que nous enregistrons par les autres sens, la vue qui est différente de la vôtre, mais nous n'avons ni odorat, ni ouïe, ni sens du toucher épidermique.

Gus eut soudain la révélation que ses propres diagrammes, enregistrés par les dépenses d'énergie remarquées au cours de ces échanges télépathiques, pouvaient éventuellement ressembler à ceux que le Bulb imprimait dans le cerveau de ses compagnons.

— Je serais curieux d'avoir un spécimen de votre écriture mentale, dit-il. Croyez-vous qu'il me serait possible d'enregistrer quelques paroles que vous prononceriez ?

Le Bulb ne répondit pas tout de suite. Il crut que l'animal de l'espace avait démasqué ses véritables intentions, mais au bout d'une minute l'être des étoiles répondit :

— Je vais essayer de faire apparaître cette écriture mentale sur l'écran, mais je dois me concentrer... Tout cela doit suivre un cheminement électronique et je ne suis pas certain d'y parvenir.

Effectivement il essaya à plusieurs reprises, mais il n'y eut sur l'écran cathodique que quelques fulgurances, des éclairs de couleurs.

— Je suis désolé, dit le Bulb, mais je n'y parviens pas. Je vais quand même étudier la question car j'aimerais bien vous montrer la réalité de cette écriture mentale.

CHAPITRE XXVI

Liensun avait fait édifier l'hôtel public au cours des derniers mois. Pour l'instant il n'était occupé que par quelques administrations, mais il était prévu que le gouvernement de Lacustra City siégerait là, quand toutes les lois de fonctionnement seraient édictées. Du moins les lois les plus élémentaires. Par la suite une assemblée serait élue par tous les habitants de la zone lacustre et par ceux de Titan pour rédiger une constitution. Le Kid avait pris la décision d'unir l'île de Titan au nouveau pays. Un référendum lui avait donné quatre-vingt-trois pour cent de oui. La Nemicie venait également de faire acte de candidature, mais pour l'instant le conseil des associés estimait qu'il n'y avait pas urgence de réaliser ce genre d'union. Il fallait agrandir la surface lacustre, renforcer le potentiel économique et culturel.

Les quatre principaux associés siégeaient donc dans cette grande salle des délibérations du futur gouvernement. Il y avait là Farnelle, le Kid, Liensun et Lien Rag. Songe et Ann Suba avaient été admises au titre d'actionnaires associés qui leur donnait une voix consultative. Mais en fait aucun des six personnages n'était dupe. Cette assemblée était une sorte de tribunal qui allait juger Ann Suba, pour la décision qu'elle avait prise d'intervenir dans la guerre de Yeuse contre la Guilde des Harponneurs.

— On vous reproche surtout, disait le Kid qui, étant donné son âge, présidait, on vous reproche d'avoir pendant près de deux mois gardé à votre disposition le dirigeable *Omnium du Pacifique*, alors qu'il aurait été fort utile ici pour les travaux en cours.

— J'ai cru que se porter au secours de Yeuse était une urgence qui passait au-dessus de toutes les considérations. Nous avons déjà lutté contre la Guilde. Nous les avons attaqués et j'estime que ce n'étaient que des escarmouches, que la vraie bataille va commencer bientôt. J'ai aussi promis trois hydravions à Yeuse ainsi que des pilotes, et ensuite je lui en enverrai trois de plus. Je pense qu'elle aurait également besoin d'un dirigeable, peut-être de deux, mais Tharbin refusera de nous les vendre très certainement.

— Votre école de pilotage ne peut être considérée comme une entreprise banale, dit le Kid. Nous sommes ici pour décider d'une stratégie militaire qui la placera sous la tutelle de cet organisme. La formation de pilotes est trop dangereuse si par la suite nous vendons des appareils à des ennemis potentiels. Il faudra que les candidatures soient examinées avec soin, que des enquêtes soient faites. Nous ne pouvons courir aucun risque. Entrer en guerre ouvertement contre la Guilde, c'est nous mettre Tharbin à dos. Jusqu'ici c'est notre meilleur client. Il nous achète et il nous vend. Nous ne pouvons nous passer de ce commerce sinon ce sera l'arrêt des travaux. Nous attendons des dirigeables, des machines, des matériaux, des appareils électroniques, de la nourriture... Votre initiative doit être revue.

— Il n'y a pas d'autorité militaire et la rétroactivité n'est pas acceptée dans ces cas-là, répondit Ann Suba. Je préfère le déclarer sur-le-champ : je suis de tout cœur avec Yeuse Semper et je suis prête à quitter Lacustra City plutôt que de me soumettre. Certes je ne pourrai déménager ma manufacture mais j'irai la reconstruire en Patagonie occidentale.

— Vous allez trop vite aux décisions extrémistes, lui reprocha le Kid. Nous pouvons tout de même engager le dialogue.

— Ma position est ferme, irrévocable. Cependant je peux discuter sur cette future autorité militaire.

— Je suis décidée à soutenir Yeuse, moi aussi, dit Farnelle, et prête à retirer le *Princess* de l'Omnium s'il le faut pour aller combattre à ses côtés. Ann a raison. Nous n'avons jusqu'à présent effectué que des actions ponctuelles contre les Harponneurs. Désormais ce sera la guerre et il faudra également nous en prendre à Tharbin s'il ne retire pas ses cargos.

Le Kid les regarda toutes les deux comme si elles devenaient folles. La décision de Farnelle était grave, puisqu'elle était une des associés et que son cargo *Princess* était son apport personnel au sein de l'association. Si elle se retirait, c'était tout le trafic des bois avec la scierie des îles de la Reine Charlotte qui serait remis en cause. Le *Rewa* était loin d'effectuer les mêmes services car son capitaine, Manister, était un alcoolique sans envergure. Farnelle, aidée de Zabel, pouvait une fois dans ces îles exhorter le personnel de la scierie, trouver des solutions, régler des litiges, former les équipages des fameux radeaux de bois. De plus elle était aussi capable de descendre dans les régions dangereuses de l'océan Antarctique pour capturer des moutons de l'île des Algues ou effectuer n'importe quelle mission. On ne pourrait jamais remplacer ces deux femmes si jamais elles décidaient de partir.

Lien Rag gardait son air buté. Il ne regrettait rien, pensait qu'il fallait empêcher Yeuse de poursuivre la lutte. Il était certain que la cause était perdue et que la Guilde poursuivrait, quoi qu'il arrive, son expansion vers le nord, vers les régions tempérées. On ne pourrait jamais les vaincre totalement, même si on envahissait leur Compagnie.

Par contre Liensun était atterré, n'avait pas un seul instant imaginé que la réunion puisse ainsi dégénérer. Il connaissait assez Ann et Farnelle pour savoir qu'elles étaient capables d'aller au bout de leurs décisions, sans même regretter de tout quitter. On avait un peu trop oublié que Yeuse et ces deux-là étaient liées par une grande amitié.

— Si nous nous calmions, fit le Kid. Vous voulez la guerre avec le Consortium. Mais vous oubliez qu'il dispose désormais de dizaines de bateaux et que sur ces bateaux les armements sont impressionnants. Qu'il ne vend presque plus de dirigeables parce qu'il se prépare à un tel choc, et que ses derniers appareils sont monstrueux et capables de nous attaquer ici même et de détruire notre plate-forme en quelques heures.

— Il n'y a plus d'hypocrisie possible, dit Farnelle. Ou alors il faut qu'il fasse la preuve de sa neutralité en reprenant ses bateaux loués au Caudillo. Nous avons tout de même des atouts avec nos hydravions. J'en ai douze de prêts à voler dans mes hangars et le dirigeavion sera disponible sous peu. Le *Princess* est lent mais puissant, et on peut embarquer des milliers d'hommes à son bord.

— Quels hommes? ironisa Lien Rag.

— Des Patagoniens, répondit Ann Suba. Yeuse doit refuser des milliers de volontaires faute d'armes. Le Kid en fabrique dans ses usines de Titan et nous pouvons aussi concevoir une unité d'armes légères ici même pour équiper chaque soldat.

— Vous allez attaquer China Voksal? ricana Lien Rag.

— Pourquoi pas si Tharbin est trop menaçant. Mais nous pouvons asphyxier son terminal alors que lui ne pourra jamais nous causer de grosses pertes. Un *iceberg-ship* peut être attaqué, mais pour le détruire...

— Il suffit d'atteindre ses groupes réfrigérants, répliqua Lien Rag, et c'est sa mort.

— Il faut encore bien viser et les cargos sont aussi vulnérables. Jael nous a dit qu'il y avait des stocks énormes d'huile en Nemicie. Et elle a trouvé un réseau pour atteindre Markett Station. Si nous privons Tharbin d'huile de phoque et coulons ses cargos d'huile de baleine, comment pourra-t-il continuer?

Le Kid se tourna vers Songe :

— Vous êtes ici pour nous soumettre le rapport de Jael que Farnelle accompagne dans ses négociations avec diverses Compagnies. Vous pouvez résumer?

— Bien sûr. Cela nous coûtera environ vingt pour cent pour faire passer nos envois par la Rek Company et la Compagnie Royale du Laos. Pour cette dernière rien n'est certain, mais si le prince Futuya reçoit des armes, il s'engage à nous aider. Nous pourrions faire passer cinquante trains à la fois pour réduire les frais.

— Vous avez un schéma des réseaux?

Songe lui tendit un dossier qu'il commença de feuilleter. Visiblement il envisageait d'interrompre la discussion sur l'aide apportée à Yeuse, pour en venir à des questions purement économiques, mais Farnelle n'avait pas l'intention de laisser enterrer l'ordre du jour :

— Je demande un vote sur la question de l'aide à la Patagonie occidentale. Je tiens à ce que l'envoi des trois hydravions promis par Ann Suba soit exclu de la décision finale.

— C'est intolérable, dit Lien Rag. Neuf pilotes et neuf mécanos vont s'en aller là-bas en pure perte, car ces trois appareils ne pourront rien contre l'armada des Harponneurs. Vous le savez très bien.

— Je maintiens ma proposition, dit Farnelle sèchement. Vous connaissez les conséquences d'un refus.

— C'est un chantage! hurla Lien Rag.

Liensun réfléchissait. Si Ann Suba et Farnelle s'en allaient, il ne pourrait plus travailler avec autant d'efficacité. C'était vrai que Farnelle faisait un travail énorme dans les îles de la Reine Charlotte, et que sans elle il devrait se rendre là-bas souvent et négliger les chantiers lacustres.

— Il faut voter, dit Farnelle, tout de suite. Nous sommes quatre, la voix du président est prépondérante. Vous savez à quoi vous en tenir.

CHAPITRE XXVII

En moins de deux semaines, Yeuse fit aménager à la périphérie de Chiloe Station une piste d'atterrissage pour les hydravions. Celle-ci fut soigneusement recouverte d'une couche épaisse de glace que toute une tuyauterie maintenait en état. La technique patagonienne ne disposait pas de capillaires, mais utilisait des tuyaux assez fins. Yeuse savait que les hydravions pouvaient aussi bien se poser sur l'eau, sur la glace que sur un terre-plein en utilisant des roues, mais Ann Suba lui avait dit une fois que la meilleure piste ne pouvait être qu'en glace.

Tout autour elle fit construire une double voie circulaire, avec différents embranchements, et l'on prépara des tronçons de rails qui pourraient être mis en place en quelques minutes pour le déchargement des marchandises. Une dizaine de wagons d'habitations et de bureaux avaient été prévus, ainsi que des wagons-citernes remplis de fuphoc.

Sans nouvelle de Lacustra City, Yeuse gardait l'espoir qu'Ann Suba réussirait à convaincre le conseil des associés de l'Omnium. Le plus grand opposant à l'envoi des trois premiers hydravions serait Lien Rag qui ne songeait, lui, qu'à la réussite de Lacustra City et ménageait un peu trop Tharbin, le président du Consortium des Bonzes. Pour le Kid, elle ne pouvait se prononcer. Le Gnome avait un tempérament agressif que l'âge et les épreuves n'avaient guère adouci. Il détestait la Guilde des Harponneurs depuis toujours. Quand il régnait sur la Compagnie de la Banquise, la Guilde, à plusieurs reprises, avait voulu le déposséder de son pouvoir, était même à l'origine de la guerre contre la Panaméricaine. Lorsque la banquise avait fondu, la Guilde avait rapidement gagné l'Antarctique sans prévenir le Kid. Il était capable d'accepter l'envoi des hydravions comme il pouvait très bien, au nom de questions économiques, s'y opposer.

Liensun ? Farnelle ? Elle ne pouvait se prononcer sur ces deux-là. Le premier pouvait agir sur un coup de tête, se laisser emporter par ses passions. Il la désirait mais la détestait en même temps, et son choix ne pouvait être vraiment prévu. Farnelle ? Elles étaient amies. Elle se souvenait que celle-ci avait un jour traversé une partie de la Terre, depuis la petite station de Gravel Station, pour venir lui annoncer à NYST le retour de Lien Rag. A cette époque elle venait d'accéder à la charge suprême de la Panaméricaine, mais Farnelle avait trouvé un moyen très habile pour être reçue par elle. Puis elles s'étaient souvent rencontrées, appréciées. Mais Farnelle avait une passion dans sa vie : son cargo *Princess*. C'était son monde, sa Compagnie privée. A bord vivaient son fils Gdami, un petit métis de Roux qu'elle adorait, Zabel, une jeune femme qui était aussi son amie. Mais le bateau était son univers, sa dot comme elle le disait elle-même. Pour devenir associée de l'Omnium, elle avait apporté son cargo qui rendait des services énormes à la société. Oserait-elle soutenir Ann Suba et se fâcher avec les trois autres ?

Les habitants de Chiloe Station, dûment informés de l'emploi de cette piste, attendaient eux avec confiance l'arrivée des appareils volants comme des goélands qui les sauveraient de la méchante Guilde.

Benfield, le chef d'état-major, était partout à la fois. Les escarmouches dans la cordillère des Andes se multipliaient, mais le colonel affirmait que c'étaient des manœuvres habiles pour attirer sur les hauteurs les forces disposées sur le littoral. N'empêche que des combats assez rudes opposaient la Manu aux miliciens de la Guilde. Les trois principaux points de passage, trois cols de grande altitude, devaient être défendus sans relâche. On n'enregistrait pas de grandes pertes, mais chaque mort, chaque blessé attristait Yeuse. La cordillère tiendrait bon quelque temps, mais jusqu'où si les hydravions n'arrivaient pas ? Ces appareils transporteraient hommes et matériel, ravitaillement et rapatrieraient les blessés sur les trains hôpitaux de Chiloe.

— Je redoute un débarquement au nord, dans la région de l'équateur, par exemple. Les troupes de la Guilde pourraient interrompre totalement le trafic ferroviaire entre Isthmus Station et nous. Nous n'aurions plus d'huile de phoque ni de viande, le temps que vos amis nous ravitaillent par la mer, mais oseront-ils le faire avec les *icebergs-ships* qui sont assez vulnérables malgré leur énormité ?

Yeuse y pensait souvent, consultait les cartes, se demandait s'il ne fallait pas réanimer une petite ligne parallèle qui, à près de mille mètres d'altitude, suivait le même parcours. Elle savait que la vétusté des rails ne permettraient pas de grosses charges, seulement des convois de deux ou trois cents tonnes. Si l'on avait disposé de nombreuses machines on aurait pu choisir ce moyen. La montagne était plus facile à défendre que la côte.

— Trop de milliers de kilomètres, soupirait Benfield. Je suis à la tête de dix mille hommes environ. Si je les disposais sur le bord de l'océan, il n'y en aurait qu'un tous les kilomètres, environ. Depuis le Horn jusqu'à Isthmus Station. Pourtant nous pourrions lever une armée de cent mille hommes si nous avions les armes.

Les armes étaient fabriquées surtout dans l'île du Titan. Les lance-missiles, les canons-mitrailleuses, les explosifs. Mais pour les armes individuelles, il fallait les acheter à China Voksal, et la moitié des manufactures appartenaient aux bonzes. Yeuse savait que la ligne ferroviaire entre China Voksal et le sud était coupée, et que pour se rendre dans la capitale du Consortium il fallait faire des détours incroyables ou bien disposer de dirigeables. Elle aurait aimé rencontrer Songe qui n'était qu'actionnaire associée de l'Omnium, et possédait sa propre affaire à Markett Station. Cette entreprise vendait et achetait toutes sortes de marchandises. Un dirigeable, rempli à craquer d'armes individuelles et de munitions, aurait fourni de quoi équiper entre cinq et dix mille hommes d'un coup.

Lorsque son chef d'état-major partait pour de longues inspections elle se sentait perdue. Son entourage était fidèle, surtout Reiner, mais elle était vite envahie par des terreurs incontrôlables. Saurait-elle faire face à une attaque brutale, si par hasard Benfield se trouvait dans le nord à des milliers de kilomètres ? Il voyageait dans le convoi le plus léger et le plus rapide qu'on avait pu trouver, mais il lui faudrait bien quarante-huit heures pour revenir à Chiloe Station. Un hydravion allégé de ses charges n'aurait mis que quatre à cinq heures.

Les nouvelles de Magellan Station étaient désastreuses. La Guilde avait fait évacuer totalement les quais pour y installer des colons de l'Antarctique, et des dizaines de personnes sans abri, sans nourriture, erraient dans des trains qui n'allaient nulle part, s'immobilisaient très vite par manque d'huile. Alors les Harponneurs les faisaient dérailler, voire sauter pour déblayer les rails. Des radios clandestines, il n'y en avait plus que trois sur la trentaine qui émettaient au début de l'invasion, affirmaient que les convois de la Guilde devenaient de plus en plus nombreux en direction de l'ouest, sans qu'on puisse dire si ces convois se dirigeaient vers les cols des Andes du nord ou du sud. Il y avait d'autres passages dépourvus de rails, mais la Guilde pouvait fort bien construire des voies provisoires en quelques semaines dans une région complètement déserte. Seul un observateur aérien aurait pu repérer le chantier. Il ne fallait pas compter sur les quelques tribus d'Indiens qui vivaient dans ces solitudes et qui, depuis des siècles, s'opposaient à la Compagnie de la Panaméricaine. Yeuse avait essayé de leur envoyer des émissaires chargés de cadeaux, mais par deux fois ces malheureux avaient été tués.

Reiner avait à tout hasard situé sur des cartes les endroits les plus menacés, et l'un d'eux se trouvait à moins de cent cinquante kilomètres de Chiloe Station.

— On pourrait envoyer un commando de reconnaissance jusqu'ici par le train, mais il devra ensuite marcher des jours et des jours dans la glace et escalader des pentes difficiles. Il y a un canyon ici... On pourrait le surveiller aisément. Je suis à peu près certain qu'ils enverront des troupes dans ce coin. Mais ils ne se contenteront pas de cette ligne d'attaque. Ils débarqueront dans le nord et aussi dans le sud. Trois fronts. Je pense que nous avons sous-estimé leur potentiel humain. Il y avait en Antarctique plusieurs centaines de milliers d'individus pouvant faire de bons soldats. Les bagnards des trains pénitentiaires, les détenus qui travaillent dans des trains-usines, des stations d'élevage et de culture, voire dans des mines. Mais des milliers d'aventuriers vivaient aussi près du pôle Sud parce que là-bas la vie était plus libre, et les profits plus rapides. Quand la grande armada de Lady Diana a été vaincue par le Kid, elle s'est retirée dans l'Antarctique, entraînant avec elle tous ceux qui s'étaient révoltés contre le Kid.

— Bref, vous évaluez ce potentiel humain à combien ?

— Pas loin de deux cent mille hommes. Ne vous effrayez cependant pas trop, sur ces deux cent mille il n'y a que cinquante mille hommes de troupe d'élite, mais ceux-là sont des soldats féroces qui, venant directement derrière les autres, les pousseront au combat. Dans les débarquements côtiers on enverra les plus inexpérimentés, ceux qu'on aura enrôlés plus ou moins de force, mais derrière arriveront les durs avec le matériel. C'est-à-dire des rails provisoires pour les draisines blindées. Il suffit qu'ils tiennent pendant quarante-huit heures une plage pour que le raccordement s'effectue avec notre réseau nord-sud, et à partir de là ils déferleront partout.

Envoyer un commando vers les cordillères, sacrifier une vingtaine d'hommes ? Il lui fallait l'accord de Benfield. Elle le joindrait en fin de journée par le railphone, mais pas avant.

— C'est ici, dit Reiner. Un rio naît dans ces montagnes et a creusé une vallée praticable. Ils peuvent construire une ligne sur la berge droite sans trop de difficulté. Un commando avec des explosifs peut les immobiliser pendant des jours, le temps nécessaire pour que nous fassions face aux débarquements avec le maximum de troupes. Vingt hommes contre des milliers ce serait très bon.

Benfield, contacté le soir même, répondit que les radios clandestines qui diffusaient ces messages sur ces grosses quantités de matériel transportées vers l'ouest ne lui inspiraient pas confiance. Il pensait qu'elles étaient toutes noyautées par l'ennemi.

— Il y en avait une trentaine voici un mois et, d'un seul coup, toutes disparaissent, à part ces trois-là. C'est tout de même bizarre, ne trouvez-vous pas ?

— Vingt hommes qu'on enverrait dans la région du rio Pielo, ce n'est tout de même pas désorganiser l'armée, dit-elle, agacée.

— Non, mais il faudra trois draisines pour les hommes et le matériel. Sur place ils devront trouver des lamas porteurs, les acheter ou les échanger. Ils ne seront donc opérationnels que dans trois ou quatre semaines, et d'ici là les hydravions risquent d'être ici. Et en quelques heures en un seul vol on pourra attaquer le chantier éventuel des Harponneurs. Je suis très économe de nos hommes et de notre matériel, car nos draisines ne sont pas nombreuses, vous le savez. Vous ne croyez plus que votre amie Ann Suba enverra ces trois appareils ?

CHAPITRE XXVIII

Dans ses bureaux luxueux de Markett Station, Songe évitait de regarder Liensun. Elle était en train de traiter une grosse affaire de minerai en provenance de Sibérienne, par d'incroyables itinéraires, et se disait qu'il lui faudrait multiplier par trois le prix de revient pour payer les frais de transport. De plus l'itinéraire trouvé par Jael et Farnelle depuis la Nemicie pour Markett Station l'inquiétait fort. Jusqu'ici ce réseau n'était pas onéreux à fréquenter, mais l'annonce qu'un million de tonnes de fuphoc par an, minimum, allaient transiter par lui, faisait grimper les prix du kilomètre-tonne à toute vitesse. La famille royale du Laos en profitait pour se remplir les poches et, avec cet argent, commandait des armes à China Voksal où les usines de Tharbin et des autres bonzes travaillaient nuit et jour.

— Un plein dirigeable d'armes individuelles, répéta-t-elle soudain, comme si d'un coup elle se souvenait de la proposition de Liensun. Qui paye ?

— Moi.

— Tu es fauché. Tu ne touches rien de Lacustra City car tout le chiffre d'affaires ne couvre pas le prix de revient des chantiers. Tant que la liaison avec China Voksal et Markett Station n'est pas réalisée, les entrepreneurs ne paieront pas leur installation. Un dirigeable plein d'armes en route pour la Patagonie occidentale, c'est un million de dollars. Tu ne peux même pas m'offrir le dixième, même pas le centième...

— N'exagérons rien. Je peux disposer de deux cent mille dollars.

— Et puis? Je n'ai pas le reste.

— Ton bénéfice double la mise, donc le prix de revient est de cinq cent mille. Que veux-tu, que l'Omnium s'écroule? Que l'huile de baleine soit à nouveau vendue partout à deux cents dollars la tonne?

— J'étais à votre conseil l'autre jour. Le Kid et Lien Rag ne sont pas d'accord pour aider Yeuse.

— L'ordre du jour n'a pas été voté. On a remis à plus tard cette question.

— Parce qu'elle pouvait amener l'éclatement de l'Omnium, je ne suis pas tout à fait idiote.

— En fait cette décision laisse les mains libres à chacun. Tu dois aider Yeuse. C'est elle qui est en première ligne pour empêcher la Guilde de se répandre partout. Si la Patagonie occidentale tombe entre leurs griffes, ils attaqueront ensuite l'île aux Phoques, puis la Nemicie. Tharbin lui-même comprendra trop tard qu'il a été piégé, car ce que veut le Caudillo Herandez c'est s'installer à China Voksal, et régner sur tout ce qu'il reste de l'Australasienne et de la Panaméricaine sud.

— Tu exagères comme toujours, dit Songe. Et puis pourquoi irais-je aider une femme que tu as envie de baiser si ce n'est pas déjà fait? Tu crois vraiment que je suis stupide?

Il parut surpris :

— Je croyais que je ne t'intéressais plus, que seuls les chiffres, les marchés, les discussions, les voyages d'affaires te passionnaient. Ne me dis pas que tu as parfois du vague à l'âme en regrettant mon corps d'Apollon?

— Pourquoi pas, fit-elle sèchement. Tu couchailles un peu partout, mais je sais pourquoi je ne t'attire pas.

— Dis toujours?

— Il me faudrait quinze à vingt ans de plus que toi pour que tu t'intéresse à mes seins flétris, à mon cul en goutte d'huile, à mes jambes variqueuses. Tu es un gérontophile ; voilà tout ce que tu aimes dans la vie : étreindre de vieilles carcasses.

Il aurait pu se lever et la gifler mais il restait dans son fauteuil, l'air amusé.

— Ann Suba a les seins flétris? Le cul plat?

Songe rougit. Elle était jeune mais n'avait jamais eu des formes épanouies. Pas beaucoup de seins, effectivement, et des fesses de garçon sportif sans plus. Elle regretta de s'être montrée aussi désagréable, mais elle jalousait toutes ces femmes qui fascinaient Liensun, alors qu'elle n'avait jamais été qu'une distraction passagère pour lui.

— Tu me refuses le dirigeable rempli d'armes?

— Je dois réfléchir.

— Jael ne sera peut-être pas d'accord. N'oublie pas que c'est ma demi-sœur.

— Je sais, mais Jael est jalouse de Yeuse depuis qu'elle est la maîtresse de ton père. Elle sait combien Lien Rag était attaché à l'actuelle P.-D.G. de la Patagonie occidentale, et je ne la vois pas en train de courir à son secours. Sans parler de Lien Rag qui est contre toute aide militaire. Lui il voit Yeuse à Lacustra City en train de lancer la vie mondaine et culturelle de la cité. Au besoin il se dit que Yeuse sera trop heureuse plus tard de le recevoir pour une nuit ou deux de temps en temps.

— Excuse-moi de t'avoir dérangée.

Il se leva et quitta le compartiment-bureau. Songe se leva, se précipita vers la porte coulissante mais n'alla pas plus loin. Elle avait failli lui courir après, le supplier de revenir, lui dire qu'elle était prête à armer un dirigeable pour se porter au secours de Yeuse là-bas, dans le cul de la Panaméricaine.

Liensun descendit au rez-de-chaussée où sa sœur effectuait des recherches sur un autre réseau, plus à l'ouest du royaume familial du Laos.

— Elle ne lèvera pas le petit doigt pour Yeuse et je suppose que tu es satisfaite toi aussi. Ta concurrente directe se trouvera toute seule là-bas et la Guilde finira par la liquider.

— Je préfère la savoir là-bas que dans Lacustra City, si ça t'intéresse.

— Jalouse mais avec lucidité. Pour qu'elle reste là-bas

il faut des dirigeables remplis d'armes individuelles pour commencer. Plus tard il faudra des armes lourdes. Ce qui nécessitera l'envoi de deux dirigeables. Une navette. Ici vous avez des stocks énormes, je le sais. Vous avez acheté aux usines du Consortium dès le début des affrontements avec la Guilde, quand nous allions les bombarder.

— Je te rappelle que j'en étais.

— Songe aussi d'ailleurs. Mais Kurts y a laissé sa vie.

— Tu l'aimes à ce point ? Non, avec toi on ne peut guère utiliser ce verbe, car tu as surtout envie de passer tes caprices. Ann Suba a été le plus durable, mais il y a eu Zabel, Songe et les autres... Et puis Yeuse était la maîtresse de ton père, et quelque part dans ton ego pas très ragoûtant, tu meurs d'envie de le supplanter dans le cœur et le corps de la belle patronne de la Panaméricaine.

— Tu me détestes à ce point ? dit-il, surpris et peiné.

Elle éclata de rire, lui prit le bras :

— Non, je t'aime mais je te connais trop. Souviens-toi de Hot Station. Tu t'es servi de moi pour parvenir à tes fins et tu m'aurais sacrifiée sans la moindre hésitation pour triompher.

— J'ai changé.

— Ah oui ? Première nouvelle !

CHAPITRE XXIX

Alors que Gus attendait du Bulb une initiation à son langage télépathique, l'animal de l'espace, peut-être rendu soudainement méfiant, n'en parla plus et préféra rappeler à l'ancien cul-de-jatte des propositions antérieures.

— Je vous avais donné les codes d'accès à certains documents et vous n'avez pas essayé de les utiliser. Vous méprisez mes offres ou bien vous avez peur d'en savoir plus sur les méfaits de votre humanité ? C'est bien ainsi qu'on dit pour nommer l'ensemble des Terriens, aussi bien ceux qui sont restés sur Terre que les colons d'Ophiuchus et les habitants de ce satellite ?

— Je n'ai pas eu le temps, mentit Gus.

— Oh si, mais vous avez peur… Que vous le vouliez ou non, il faudra bien que vous plongiez dans cette accumulation de renseignements qui s'étendent sur une période qui, pour moi, est assez courte mais qui représente plus de deux millénaires de votre temps.

— Deux millénaires…, répéta Gus. Non, c'est impossible, je n'y crois pas.

— C'est pourtant la stricte réalité. Cela doit même faire deux mille deux cents et quelques années, si mes comptes sont bons, mais moi je m'embrouille dans votre façon de compter.

— Vous parlez bien de l'Histoire de l'humanité depuis l'explosion de la Lune et non depuis la naissance de Jésus-Christ.

— Eh ! doucement... Qui était Jésus-Christ ?

— Le calendrier terrien, du moins pour une bonne partie de la population, débutait à la naissance du Christ qui était un Messie d'un Dieu unique...

— Je me souviens, je me souviens, inscrivit le Bulb aussi excité qu'un enfant turbulent. J'avais complètement oublié cette histoire, mais c'est vrai que la Lune, votre Lune, quoi, un tout petit morceau de planète, explosa en l'an 2050 de la naissance de ce Jésus-Christ... Et puis arriva la Grande Panique...

— Qui dura ?

— Je n'en sais rien. Je sais que des colons avaient quitté la Terre pour Ophiuchus IV quelques années auparavant et y prospéraient, d'après les récits qu'on en faisait sur votre planète. Mais en fait, après quelques dizaines d'années, peut-être cent ans de prospérité effectivement et de grand développement économique, les colons se rendirent compte qu'ils régressaient inéluctablement. Leur race dégénérait peu à peu et il leur fallait fuir cette planète pour conserver leur intégrité. Vous connaissez la suite. Ma capture, mon conditionnement, mon hybridation pour faire de moi, accouplé à un ordinateur infernal, un satellite géostationnaire. Mais cela demanda beaucoup de temps, croyez-moi. C'était un projet tellement colossal qu'il fallut également un siècle pour le mettre au point. Une faible partie de la population y participa. Les scientifiques et les intellectuels. Les autres colons préféraient se laisser entraîner vers une déchéance agréable. La planète offrait mille possibilités pour une vie facile, mais en même temps provoquait des altérations irréversibles de l'intelligence.

— Y a-t-il encore des colons sur Ophiuchus IV ?

— Certainement, mais dans quel état ? Je l'ignore. Retournés à un stade très primitif comme les Roux qui peuplent votre Terre. D'ailleurs c'est de là que vient l'échec de la création de cette nouvelle race qui devait vaincre le froid et trouver les solutions les plus adaptées à la période glaciaire de la Terre. Ce que vous appelez l'Abominable Postulat indiquait cela clairement. Sauf que les Roux n'eurent jamais des facultés mentales très développées. Entendons-nous bien. Je veux dire que dès le départ ils avaient un cerveau primitif susceptible d'évoluer et d'acquérir très vite un développement important. L'erreur fut d'envoyer ces gens-là dans un monde où il faisait très froid, c'est entendu, mais où ils étaient déjà conditionnés pour justement supporter ce froid. Ils débarquaient et déjà n'éprouvaient aucune souffrance physique puisqu'ils se trouvaient dans leur élément. Que leur restait-il à faire ? Trouver de quoi se nourrir. Nul besoin de faire du feu ou de se vêtir, juste bouffer. Et de la nourriture il y en avait des quantités énormes quand ils arrivaient sur Terre, que ce soit du côté du Gouffre aux Garous que de Concrete Station. Dans le Nord Arctique c'était des phoques, dans le Sud des éléphants de mer et des manchots. En quelques jours ils savaient les chasser et pouvaient s'empiffrer. Allez évoluer quand toutes les conditions sont réunies pour vous faire la vie belle, enfin une vie primitive belle. Jusqu'à moins cent les Roux n'avaient aucun problème de froid. Ils mangeaient, forniquaient sans arrêt. Ce qui fait évoluer, et je l'ai lu dans différents ouvrages mis en mémoire électronique, ce sont des conditions difficiles. On dit qu'au tout début de la planète Terre la vie se développa en Afrique, je crois. Des hominiens, ou je ne sais comment on les appelle, apparurent, mais une énorme faille partagea alors le continent africain en deux. D'un côté à l'est il y eut la savane, et de l'autre, à l'ouest, la forêt vierge. Les êtres qui trouvèrent dans la forêt de quoi se nourrir par la cueillette et une chasse facile en restèrent au stade de singes, alors que la savane âpre, difficile, pleine de dangers et de luttes incessantes, donna naissance à l'homme. C'est ce qui arriva en bas sur la glace. Les Roux oublièrent de progresser tandis que dans leurs misérables stations mal protégées, brûlés par les engelures, les rescapés de la Grande Panique construisirent une nouvelle civilisation. Oh, pas un el dorado, certes, mais enfin une société qui peu à peu devenait vivable. Voilà pourquoi il y a eu échec d'une implantation de cette nouvelle race. Par la suite il fallut rectifier le tir, envoyer des gens qui contrôleraient la société ferroviaire. Vous savez ce qui motiva cet envoi ? Le fait que les Roux qui sont des êtres doux, curieux, un peu nigauds, furent attirés par la lumière des stations et les étranges spectacles qui se déroulaient sous les verrières. A cette époque il n'y avait encore que des verrières et non des dômes ou des coupoles. Leur apparition créa une terreur sans nom et les Hommes du Chaud se mirent à tirer sur ces animaux à deux pattes, en abattirent un grand nombre, s'équipèrent pour faire un massacre. Ici dans mon sein ce fut l'affolement. On envoya des commandos pour empêcher le génocide. Les envoyés réussirent à calmer le jeu mais les Roux disparurent dans les régions les plus solitaires, les plus éloignées des Hommes du Chaud. Ne réapparurent qu'il y a trois cents ans, je crois. Votre cousin Lien Rag avait été surpris de leur apparition récente et, à partir de là, avait essayé de savoir d'où ils venaient.

— Les premiers envoyés c'étaient les Aiguilleurs ?

— Non, les Ragus. Mais ils ne s'appelaient pas ainsi au début. Plus tard, lorsque les dissidents les rejoignirent, ils prirent ce nom générique, mais vous savez, Ragus ou Aiguilleurs, c'est la même chose.

— Je ne vous crois pas, s'emporta Gus. Nous appartenons à une immense famille célèbre pour son esprit de tolérance, son goût pour la liberté et la démocratie.

— Mon œil, répondit, le Bulb. Vous vous êtes fabriqué une belle légende à ce qu'il semble.

CHAPITRE XXX

Sous bonne escorte on l'avait conduit jusqu'à Leadership Station dans un wagon spécial où régnait une température qui lui convenait. Rien de luxueux mais tout de même un compartiment et une salle de bains pour lui tout seul. Les miliciens l'ignoraient mais se comportaient sans brutalité. Il traversa une bonne partie de l'Antarctique sur un réseau important mais peu fréquenté. Ce n'était pas un ensemble stratégique, et si le Caudillo préméditait l'invasion de la Patagonie, il devait surtout utiliser le réseau occidental.

Depuis des semaines Jdrien ignorait tout des événements en cours à Magellan Station. Le Kid lui avait dit un jour que Yeuse risquait d'avoir à lutter contre la Guilde, mais ensuite il s'était trop éloigné des réémetteurs radio pour avoir d'autres précisions. Et quand le Peuple Roux, son peuple, avait décidé de partir en guerre contre la Guilde, il avait estimé que son rôle était de rencontrer le Caudillo Herandez pour essayer d'arriver à un compromis.

Cette décision de faire la guerre était unique dans l'Histoire des Roux. Aussi loin que remontent leurs origines, il n'y avait pas trace d'une telle unanimité, ni même d'un esprit guerrier. Les Roux avaient toujours tué pour vivre, mais sans jamais dépasser les limites du nécessaire. De vieilles légendes racontaient que jadis un grand massacre de Roux s'était déroulé un peu partout dans le monde, mais que Peuple du Froid, plutôt que de se défendre et de risquer de tuer des Hommes du Chaud, avait préféré s'enfoncer dans les grandes solitudes, là ou le froid extrême et la rareté du gibier faisaient peur aux Hommes du Chaud.

La seule exception connue était l'agressivité des habitants de la fameuse Zone Occidentale qui n'avait survécu qu'une vingtaine d'années en interdisant aux Hommes du Chaud l'accès de leur territoire. Mais c'était une création de métis de Roux très évolués qui avaient essayé d'affranchir tout le peuple de la domination des hommes du rail.

On approchait de Leadership Station et de petites agglomérations se succédaient, toutes protégées par de belles coupoles harmonieuses. Des entreprises multiples paraissaient donner une grande activité aux habitants, mais partout on trouvait des draisines blindées et des miliciens en armes. A proximité de la capitale il aperçut de grands bâtiments de guerre, des cuirassés, des croiseurs et des destroyers en grand nombre. Une partie de l'ancienne VIe flotte de Lady Diana se trouvait donc là en très bon état, prête à servir à nouveau. Il ne s'agissait pas d'épaves car toutes les cheminées fumaient en même temps, preuve que ces monstres de métal étaient sous pression. Le Caudillo ne pouvait pour l'instant les utiliser que sur place, faute de pouvoir les embarquer sur de grandes barges. La flotte était en réserve pour des conquêtes futures, et Jdrien se disait que dans la Patagonie, des draisines et des destroyers devaient suffire pour attaquer les faibles effectifs de Yeuse.

Son train, à sa grande surprise, pénétra dans un tunnel opaque et peu après on vint le chercher pour le faire monter à bord d'une draisine découverte qui circula également dans des tunnels. Ceux-ci s'enfonçaient sous la glace et bientôt Jdrien estima qu'il se trouvait à moins cent ou cent cinquante mètres en dessous de la surface. Mais l'endroit brillamment éclairé n'inspirait aucun effroi. De lourdes portes en imitation de glace s'ouvraient automatiquement devant la draisine.

Il fut transféré dans un ascenseur et se retrouvera dans un appartement douillet. Il ne s'agissait pas d'un compartiment de wagon même spacieux, mais d'un appartement à la façon d'autrefois. Et il était en face du Caudillo qui l'attendait, assis derrière un petit bureau, revêtu d'un uniforme blanc soutaché d'or. Les revers de la veste étaient décorés, le gauche d'un harpon l'autre d'une baleine.

Jdrien ne trouva dans l'esprit de son vis-à-vis qu'une immense curiosité, un peu de méfiance et une très grande autosatisfaction que procurait à cet homme la vue de son ennemi principal demandant une entrevue. Mais au dernier moment Jdrien surprit autre chose dans le cerveau de Herandez : il ne sortirait pas vivant de ce bunker, quoi qu'il arrive.

— Vous avez voulu me rencontrer, je vous écoute.

— Cette démarche est inattendue, je sais, mais nécessaire. Vous connaissez mon peuple que vous combattez sans pitié. Vous avez cru le réduire mais nous sommes actuellement des dizaines de milliers répartis tout autour de nos centres vitaux. Certes dans des régions perdues, mais les Roux peuvent parcourir deux cents kilomètres en une seule journée et recommencer inlassablement durant des semaines. C'est dire que leur mobilité est grande. Et ils se contentent d'une nourriture simple. Il s'est produit un événement inouï que j'ai moi-même du mal à comprendre, et surtout à accepter. Mon peuple, et je puis vous assurer que je n'y suis pour rien, a décidé de vous déclarer la guerre, de vous exterminer jusqu'au dernier et cela en utilisant ses propres armes, c'est-à-dire des pièges et des tactiques de chasse. Je sais que vous vous amusez beaucoup de cette nouvelle, mais souvenez-vous de ce poste de garde attaqué dans les parages de la mer de Davis. Une draisine engloutie et un poste de garde capturé et détruit. Les Roux sont capables de s'enterrer durant des mois, de miner tous vos réseaux qui s'effondreront au passage d'un certain tonnage. Je viens donc vous proposer de réagir avant que mes frères n'entrent en guerre.

— Vous n'allez pas me demander de me rendre sans conditions, ricana le Caudillo.

— Non. Je pense qu'il y a place pour deux groupes

humains dans l'Antarctique. Nous pourrions effectuer un partage. Nous nous contenterions d'un tiers du continent, avec cependant un droit de passage sur toutes les côtes. De nombreux Roux chassés par le réchauffement de la Terre, la fonte des glaces et la disparition des gibiers traditionnels, cherchent à rejoindre cette partie du monde où le froid persistera quoi qu'il arrive. Ils sont des centaines de milliers à converger vers le pôle Sud et ils traverseront la mer à l'aide de peaux de phoque gonflées qu'ils pousseront en nageant. Ils ne redoutent pas l'eau froide, leur fourrure est imperméable. Ils arriveront de partout, donc tout le pourtour de l'Antarctique les verra débarquer. Nous nous laisserons la libre jouissance des deux tiers si vous les laissez se diriger paisiblement vers la partie de l'Antarctique qui se trouve juste en face de l'ancien continent australien. C'est tout.

— C'est tout vraiment ?

Le Caudillo secoua la tête :

— On dit que les Roux sont des imbéciles, des animaux à peine moins évolués qu'un mouton, mais c'est vrai. Vous êtes vous-même un crétin d'être venu jusqu'ici en croyant me faire peur. Pensez-vous vraiment que vous aviez une chance de réussir dans votre démarche.

— Oui, dit Jdrien, car j'ai toujours eu foi en l'homme, qu'il soit du Froid ou du Chaud.

CHAPITRE XXXI

Ce fut le délire le plus extravagant que connut la Patagonie occidentale après des mois d'angoisse. Les radios, le télégraphe surtout, expédièrent la nouvelle aux quatre coins du pays, et des messagers volontaires, à pied le plus souvent, allèrent dans les coins les plus reculés des Andes annoncer que désormais la présidente Yeuse était sûre de l'emporter sur les méchants Harponneurs, car elle disposait de trois appareils volants qui, tels des oiseaux de proie, fonceraient sur les envahisseurs. Il n'y avait aucune façon d'expliquer le prodige aux populations primitives de la cordillère que de comparer les hydravions à des condors. Cet oiseau fabuleux aujourd'hui disparu restait dans l'imaginaire des habitants comme un symbole de puissance surnaturelle. Il pouvait voler très haut, fondre sur sa proie à une vitesse fantastique et la tuer en quelques instants.

Les trois hydravions, comme à la parade, se posèrent successivement en moins d'un quart d'heure sur la piste aménagée. Yeuse était là ainsi que le colonel Benfield. Et lorsque Ann Suba d'abord, puis Farnelle, débarquèrent du premier appareil, les larmes coulèrent sur les joues de Yeuse. Elle étreignit ses amies sans pouvoir prononcer un mot. Ensuite on fit visiter aux équipages les wagons d'habitations et les ateliers de réparations où les mécaniciens allaient pouvoir décharger leur matériel.

– Tu as abandonné ta manufacture, Ann, et toi, Farnelle, ton cher *Princess*... C'est inimaginable... Je suis désolée de vous priver de ce qui vous est le plus cher au monde.

— Ma manufacture tourne seule, répondit Ann Suba.

— Zabel commande le *Princess*, précisa Farnelle, et prépare Gdami à son futur rôle de capitaine propriétaire du cargo.

La première journée de liesse empêcha toute discussion sérieuse. Ahuris, les équipages devaient parcourir les quais avec des colliers de fleurs, le plus souvent artificielles, autour du cou, gavés de nourriture, de vin et d'alcool. On leur présentait des enfants, des médailles, des statuettes de la vierge Marie et du Christ. Les pilotes et les mécaniciens ne comprenaient rien à cette survivance de la foi catholique, et se révulsaient un peu lorsqu'on brandissait sous leur nez des momies horribles de personnages considérés comme des saints. Ici ce n'était pas les Néo-Catholiques qui détenaient les clés de la religion, mais quelques prêtres qui se transmettaient les vieilles traditions depuis des siècles. Certains étaient donc morts en odeur de sainteté et continuaient à faire des miracles quand on touchait ou embrassait leur momie. Il y eut une délégation qui supplia Yeusc de donner l'autorisation que quelques-unes de ces momies soient embarquées dans les hydravions qui partiraient au combat. On insistait surtout sur celle d'une certaine Rosita qui était devenue la patronne de Chiloe Station, lorsqu'on avait découvert son cadavre intact après deux cents ans d'inhumation. Ce cadavre on le baladait un peu partout sur les quais et il commençait à se désagréger quelque peu. Il avait failli perdre sa tête et on l'avait réparée tant bien que mal.

Il fallut expliquer que les hydravions n'étaient pas conçus pour embarquer des reliques, pour aussi sacrées qu'elles fussent, et qu'on n'aurait même pas assez de place pour les commandos prévus.

La première mission d'un des hydravions fut précisément d'aller reconnaître les rives abruptes du rio Pielo dans la cordillère, et tout de suite l'on constata qu'effectivement la Guilde effectuait des travaux importants pour installer une voie double. Des excavatrices creusaient la roche à toute vitesse et derrière une poseuse de voies suivait. A raison d'un demi-kilomètre par jour, les Harponneurs pourraient rejoindre une voie secondaire en une quinzaine de jours.

L'arrivée de l'hydravion ne provoqua aucune panique parmi les ouvriers et les miliciens de la Guilde. Des lance-missiles camouflés sous des imitations de rochers commencèrent à tirer, et l'hydravion échappa de peu à ce tir de barrage, dut s'éloigner.

Depuis Chiloe Station, Yeuse, Ann Suba et Farnelle furent déçues par l'absence de surprise chez les Harponneurs. Ils s'attendaient depuis toujours à un retour des hydravions et s'étaient donc préparés à la riposte.

— Il faudra bombarder de nuit, dit Ann. Mais la moitié de mes pilotes ne sont pas préparés à ce genre d'opération. Si un de ces appareils était touché, quelle déception pour les Patagoniens.

— Ils nous en voudraient d'avoir refusé la momie de Santa Rosita, et iront raconter que nous sommes maudits. En quelques heures l'opinion publique peut donc basculer vers le défaitisme. Il faut réussir cette mission.

— On envoie les trois hydravions, dit alors Ann Suba, avec un chargement de bombes si important que même de nuit les dégâts seront énormes. On bombardera d'une grande altitude si le vent est nul.

Le bombardement fut opéré par vagues successives à des intervalles irréguliers. Les missiles aux infrarouges étaient leurrés par des lâchages de phosphore enflammé.

Au petit matin un hydravion alla prendre des photographies, et lorsque le film fut diffusé on constata que le canyon du rio Pielo avait été complètement bouché par l'avalanche de blocs rocheux, si bien qu'il y avait désormais un barrage qui ne cessait de se remplir. Plus aucune trace des ouvriers et des miliciens de la Guilde n'était visible. L'appareil retrouva la première installation des Harponneurs à quinze kilomètres en amont et l'attaqua avec ses roquettes, fit sauter deux draisines blindées et plusieurs wagons d'habitation.

— C'est un succès, déclara le colonel Benfield, mais il faut maintenant patrouiller sur les côtes. Chaque appareil aura trois mille kilomètres à surveiller chaque jour. Huit heures de vol, est-ce réalisable?

— Ça l'est, dit Ann Suba. Mais pour la surveillance de la cordillère?

— Elle n'aura lieu qu'une fois par semaine, dit Benfield. Les travaux demandent tout de même plus de temps. Vos hydravions en volant assez haut couvriront un espace assez grand et les films qu'ils prendront viendront confirmer leur rapport. Il faudrait quatre à cinq fois plus d'appareils, mais nous ne pouvons faire mieux et c'est déjà extraordinaire.

La victoire du rio Pielo, pourtant uniquement aérienne, exhorta des milliers de jeunes à s'enrôler dans l'armée. L'absence d'armes individuelles les empêcha qu'on accepte leur candidature. Farnelle et Ann n'apportaient pas de bonnes nouvelles à ce sujet. Songe avait refusé de prêter un dirigeable et de fournir les armes. Elle exigeait un million de dollars et personne ne pouvait payer une telle somme.

— Le Kid est-il aussi opposé que Lien Rag à cette opération?

— Un peu moins si l'on considère qu'il a empêché un vote sur l'affaire des trois hydravions. Mais il finira bien par comprendre que toute l'Australasienne est menacée ainsi que l'île aux Phoques. Liensun s'est démené mais il a investi tout son argent dans la scierie, Lacustra City et la construction d'une route en direction du sud vers la Nemicie justement.

CHAPITRE XXXII

L'*Iceberg-Ship 2* pénétrait lentement dans l'embouchure de la ria de Rock Station où l'avant-port seul pouvait recevoir ses trois cent quatre-vingts mille tonnes. Malgré des ennuis répétés de réfrigération, le voyage s'était à peu près bien terminé. On avait mis une semaine de plus que d'habitude, mais les deux cent cinquante mille tonnes de fuphoc allaient pouvoir être déchargées dans les wagons-citernes de la Nemicie.

Lien Rag pensait à Jael qu'il allait revoir, frémissait à la pensée de son corps ferme et frais pressé contre le sien, aux folies de la nuit à venir, à la présence combien précieuse de cette jeune femme qui le ravissait. Il ne pensait qu'à elle, en oubliait ses objectifs avec l'Omnium, les *icebergs-ships*. Même son intransigeance envers Yeuse lui paraissait aléatoire. L'*Iceberg-Ship* avait attendu longtemps devant Titan que la conférence des associés de l'Omnium prenne fin. Lien Rag avait ensuite rejoint le bord avec l'hydravion du Kid, et ils avaient discuté de l'éventualité d'une guerre avec la Guilde, soutenue par le Consortium. Le Kid commençait de croire qu'il fallait passer à l'offensive très vite.

Il aperçut sur les quais, non seulement Jael, mais son fils Liensun et se demanda ce qu'il faisait là. Il savait que le garçon voulait envoyer un dirigeable rempli d'armes individuelles à Yeuse, mais qu'il n'avait pu obtenir un prêt pour payer Songe.

Dès qu'il put sauter sur les quais, il étreignit Jael mais regarda Liensun par-dessus l'épaule de la jeune femme :

— Rien de cassé ?

— La Guilde a envahi l'île aux Phoques... Il y a une semaine de cela. Ann Suba a dû rentrer précipitamment en hydravion pour nous l'annoncer.

— Mais la radio depuis Titan, elle sert à quoi ?

— Depuis quelques jours les émissions sont inaudibles, perturbées par des orages magnétiques. Le Kid a essayé de t'avertir et aussi Ann, mais elle a dû faire réparer ses moteurs à Titan.

— Comment est-ce arrivé ?

Il avait cru se désintéresser de tout cela, mais voilà qu'il ne supportait pas l'idée que l'île puisse être envahie par cette bande de sanguinaires.

— Attaque nocturne à partir d'un cargo ou de deux cargos, on ne sait pas très bien. Ils ont réussi à incendier les réservoirs d'huile en utilisant des lance-flammes. Le contingent de la Manu résistait encore quand les hydravions sont venus à la rescousse, mais ils n'ont pu rester longtemps, d'abord parce qu'ils ne pouvaient se ravitailler sur place, et ensuite parce qu'on annonçait un autre débarquement dans le sud de la Patagonie. Deux hydravions sont repartis. Ann Suba a réussi à se ravitailler à Isthmus Station qui sert de terminal pour l'huile de phoque, et elle a choisi de venir jusqu'ici en Austalasienne pour donner l'alerte.

— Que dit le Kid ?

— Il va arriver à Lacustra et il y aura une réunion importante. Songe a proposé le prêt d'un dirigeable mais demande cinq cent mille dollars pour les armes. Il faut un deuxième dirigeable avec de l'armement lourd.

— Des victimes dans l'île aux Phoques ?

— Une centaine parmi les techniciens. L'*iceberg-ship* de cinq cent mille tonnes et celui destiné à Yeuse ont été endommagés. Mais les Harponneurs liquident aussi les éléphants de mer à la mitrailleuse lourde.

— Ann Suba, dit Jael une fois que Liensun se tut, pense qu'ils veulent faire une opération ponctuelle et qu'ils vont rembarquer après avoir causé des dégâts considérables. La production d'huile sera stoppée pour plusieurs semaines, et les hydravions risquent d'être cloués au sol. Pendant ce temps, à Markett Station, les envois d'huile de baleine continuent et à des prix toujours intéressants, si bien que la tonne de fuphoc ne vaut qu'un peu moins de quatre cents dollars.

— Il faut étudier une stratégie, dit Lien Rag. Je reconnais que j'ai eu tort de m'obstiner, mais je ne pensais pas qu'ils auraient cette audace. Les cargos n'ont pas été identifiés ?

— Non, mais Ann Suba pense qu'elle en a endommagé un qui ne pourra pas aller bien loin vers le sud. Il risque de s'échouer sur la côte patagonienne nord.

— On ne décharge pas, dit Lien Rag à son second qui approchait. Il est possible qu'on retourne dans l'île aux Phoques. Non, plutôt directement à Chiloe Station.

— Avec le plein et nos groupes réfrigérants défectueux ?

— Vous aviez tout le temps de réparer à Titan, dit Lien Rag. Vous avez embarqué des compresseurs neufs.

— Nous pensions avoir le temps de les installer ici.

— Vous le ferez en route. Là-bas nos deux cent cinquante mille tonnes seront plus utiles qu'ici.

Puis soudain il pensa à Pulsach qui avait dû arriver en pleine attaque de la Guilde avec son numéro I.

— Rassure-toi, dit Liensun, Ann Suba l'a survolé à une semaine de l'île.

CHAPITRE XXXIII

Réveillé brusquement en pleine nuit artificielle du satellite, Gus ne put retrouver le sommeil. Tout ce qui lui avait raconté le Bulb sur ses ancêtres les Ragus revenait comme une obsession. Les Ragus ne s'étaient pas mieux comportés que les Terriens une fois sur Terre. Ils avaient essayé de s'emparer du pouvoir, avaient en partie échoué, mais une nouvelle équipe venue du satellite avait réussi à dominer la société ferroviaire, et avait pris les commandes des postes d'aiguillages et des dispatchings, d'où leur nom les Aiguilleurs. Une lutte sourde qui devait durer des siècles avait alors commencé.

— Pourquoi nous avoir laissé croire qu'il ne s'était écoulé que trois cents ans environ, et non deux mille deux cents entre l'explosion de la Lune et l'époque contemporaine ?

— Les seuls qui aient fait quelques recherches sérieuses à ce sujet furent les Néo-Catholiques qui voulaient établir la succession de papes depuis l'explosion de la Lune, prouver qu'il y avait eu continuité, donc pérennité de la religion, ce qui justifiait leur présence et argumentait leur influence. Horrifiés, ils découvrirent que durant près de deux mille ans la religion avait été complètement abandonnée par les survivants qui s'étaient livrés à une infinité de cultes absurdes et de superstitions. La légitimité des autorités supérieures de l'Eglise, donc du pape, devait s'appuyer sur une histoire sans faille. Mais il y avait aussi l'apparition des Roux, la réapparition surtout. De vieilles légendes les mentionnaient et les gens auraient pu se demander pourquoi ils avaient disparu durant deux mille ans, ce qu'ils avaient pu devenir, les envier de survivre dans des conditions aussi dures. On rayait deux millénaires environ et on n'expliquait rien. Enfin il fallait justifier le faible développement des ressources économiques. Une société dite ferroviaire existant depuis dix à quinze siècles s'était révélée incapable d'apporter aux hommes le bonheur, la possibilité de manger et de se chauffer à profusion? Comment expliquer cet échec? Sinon en expliquant qu'il n'y avait en réalité que trois siècles que tout avait commencé, que la Grande Panique avait duré un tiers de ce temps et que la société ferroviaire avait fait ce qu'elle pouvait durant le reste de ces années-là pour aider les hommes. En fait quinze à seize siècles ont été gaspillés en luttes intestines, en sanglantes prises de pouvoir. La Grande Panique a duré tout ce temps-là. Le train ne s'est imposé que dans les toutes dernières décennies. Une autre société commençait à s'établir, à fonctionner même assez bien. Une société assez primitive mais obéissant à des règles morales admirables, démocratie, respect de l'autre, tolérance. Une société qui utilisait des moyens de transports archaïques comme les traîneaux tirés par des chiens, des rennes, d'autres propulsés par des mécaniques simples et faciles à fabriquer. On ne gaspillait pas inutilement l'énergie pour faire circuler des trains gigantesques, pour entretenir sous cloche des villes tentaculaires. On vivait par petites communautés qui échangeaient leurs produits, exploitaient le sous-sol glaciaire avec mesure. Des gens qui chassaient uniquement pour leurs besoins, non pour le profit, non pour acquérir une puissance, un luxe de vie. Mais les réseaux tentaculaires ont peu à peu étouffé cette société millénaire. Et la vie est devenue désastreuse pour les gens ordinaires : peu de nourriture, peu de chaleur, liberté restreinte. Bien sûr par opposition aux Aiguilleurs, les Ragus avaient pris parti pour ce mode de vie ancestral, mais sans y croire vraiment, uniquement pour vaincre les Aiguilleurs. Ces derniers, maîtres des rails, ont fini par les écraser et les réduire au silence. C'est alors que la légende des Ragus, tous admirables, désintéressés, tolérants, chaleureux et courageux a commencé de se répandre.

Gus essayait de ne plus penser à ce récit, mais de l'autre côté de la cloison il entendait Isaie et Grathe chuchoter. Il les enviait d'être ensemble, de pouvoir se confier l'un à l'autre. Lui était seul, désespérément seul avec un secret qui l'étouffait. Deux mille deux cents ans de glaciation avec des échecs retentissants. Deux mille deux cents ans perdus qui laissaient les hommes toujours aussi misérables physiquement et intellectuellement. Deux mille deux cents ans de misère, d'ambitions sordides, de piétinements stupides. Dans ce fatras aucun héros, aucune héroïne, pas de sainte, pas de saint ni de conducteur d'hommes, ni de savant bienfaiteur de l'humanité, ni d'écrivain éternel, de musicien aux compositions inoubliables. Rien qu'une survie obsessionnelle, une lutte pour un peu plus de pain, un degré de chaleur. Deux mille deux cents ans qui ne laisseraient aucune trace, aucun monument, aucune œuvre d'art. Deux mille ans après leur disparition, les Romains vivaient dans toute l'Europe grâce à leurs aqueducs, leurs temples, leurs statues, leurs cirques et leurs théâtres. Les Grecs, les Romains avaient laissé un théâtre magnifique pour les premiers, une littérature féconde pour les deux. Et les Hommes du Chaud, que laisseraient-ils maintenant que la glace fondait à toute vitesse ? Quels monuments ? Quelles pièces de théâtre ? Quelle musique ? Tout allait partir, s'évaporer. Le viaduc du Kid, par exemple, avait disparu tout de suite alors qu'on l'apparentait à l'ancienne et célèbre muraille de Chine. Et le tunnel fantastique de Lady Diana ? Ecroulé, perdu à jamais.

L'héritage du Bulb n'était que désastre, misère, dégoût de l'humanité, haine et mort.

CHAPITRE XXXIV

Le conseil des associés de l'Omnium du Pacifique se réunit à nouveau moins de dix jours après la précédente discussion. Mais cette fois la situation était plus claire. Ann Suba, loin de triompher, restait sombre dans son coin en compagnie de Jael et de Songe. Farnelle n'assistait pas à la séance puisqu'elle se trouvait aux côtés de Yeuse.

— Le dirigeable prêté par Songe partira dans moins de trois jours avec un chargement d'armes. Là-bas il effectuera plusieurs missions de reconnaissance durant une quinzaine de jours, à l'exclusion de toute mission de bombardement. L'*Indépendance*, lui, apportera de l'armement lourd et deux cents volontaires recrutés dans l'île de Titan. Ceux-là seront opérationnels et se joindront aux Patagoniens, mais nous aimerions qu'ils restent dans l'île aux Phoques pour défendre celle-ci contre toute nouvelle incursion des Harponneurs.

L'approbation était unanime. Liensun regrettait qu'il ait fallu attendre l'attaque de l'île pour réagir. Lui-même opposé au début à l'envoi des trois hydravions était désormais le plus résolu à venir en aide à Yeuse.

— Ann Suba va pouvoir expédier encore trois hydravions dans la Patagonie occidentale. Deux autres d'ici un mois, mais hélas par la suite les envois se raréfieront, les pilotes capables d'effectuer de tels vols n'étant pas encore prêts. Ils ne le seront pas avant plusieurs semaines. Mais nous disposerons donc là-bas de huit avions d'ici un bon mois, de deux dirigeables. Mais le petit nombre de soldats est vraiment inquiétant, continua le Kid qui avait encore la présidence. Et à moins d'engager des mercenaires, je ne vois pas comment nous pourrions accroître les effectifs de l'armée.

— Nous devrons attaquer par la voie des airs, déposer des commandos de sabotage à l'arrière des envahisseurs, trouver d'autres formes de combat. Si nous avions disposé de plusieurs milliers d'hommes, nous aurions pu tenter un débarquement en Antarctique pour saboter les terminaux côtiers de la Guilde, mais dans l'état actuel de notre faiblesse numérique, c'est impossible. Le ravitaillement en fuphoc sera également difficile à organiser si les installations de l'île sont ruinées.

— Un autre dirigeable peut transporter là-bas une nouvelle fonderie, dit le Kid. Ceci dans l'intérêt général mais aussi celui de l'Omnium.

— Allons-nous attaquer les cargos du Consortium si jamais ils arborent le pavillon des bonzes? demanda Lien Rag.

C'était une grave question à laquelle personne ne répondit. C'est alors qu'on apporta un télégramme au Kid qui, en le lisant, ne put dissimuler son émotion :

— Le Caudillo Herandez fait diffuser sur ses émetteurs les plus puissants la nouvelle que Jdrien, le faux Messie des Roux, est son otage, et que nous mettrons sa vie en danger si nous entrons dans la guerre aux côtés de Yeuse Semper.

FIN

Cet ouvrage a été composé par EUROCOMPOSITION
à 92310 Sèvres, France
et achevé d'imprimer en juin 1991
sur les presses de l'imprimerie Cox and Wyman
à Reading (Berkshire)

— N° d'impression : 0768 — 3022
Dépôt légal : juillet 1991
Imprimé en Angleterre